m

Kirsty Gunn

Der Junge und das Meer

Deutsch von Bettina Abarbanell

marebuchverlag

marebibliothek
Autoren erzählen ihre Geschichte vom Meer
Herausgegeben von Denis Scheck
Band 20

I

Wisst ihr, wie kühl sich Sand unter den Füßen anfühlt, wenn ihr aus der Sonne in den Schatten tretet? O ja, genauso, glaube ich, empfindet er's, dieser Junge, sobald er aus dem gleißenden Licht in das tiefe Blau der hiesigen Schatten eintaucht. Als wär's … eine Wohltat, glaube ich. Aus dem Hellen raus zu sein, hier, wo die hohen Bäume ihre langen Zweige herabhängen, die zwirbligen alten Pinien, die an manchen Stellen weit auseinander, aber oben, wo der Strand aufhört, dicht an dicht stehen, und jeder liebt sie, das sagen sie jedenfalls alle, und kommen doch nicht her und stellen sich mitten zwischen sie, so wie er.

«Je-huuuu …»

Sie lieben ihre tiefe Dunkelheit, ihre Kühle und Schattigkeit nicht wie er.

Da sind die Geräusche der Stimmen, die über das Wasser hinweg zu ihm dringen, und so muss ich anfangen, damit werde ich einsetzen. Mit den Stimmen, und wie er sie hört, dieser Junge, Ward, wie er seine Freunde einander rufen hört, aber von dort, wo er steht, ist es, als seien sie weit, weit weg.

«Gemein bist du ...»
«Hey, Alter!»
Das ist Alex.
«Im Ernst, schau her ...»
Und Jeff. Und der andere, Richard, den sie aus der Stadt mitgebracht haben.
«Nein, jetzt schaust du mal ...»
«Weg da! Weg!»

Da, das ist Richard, albert rum wie immer. Alle zusammen, also sicher auch ein paar Mädchen dabei. Aber was machen die da eigentlich?, das ist für Ward, abseits von ihnen, im Schutz dieser Bäume, jetzt eher die Frage. Schwer zu sagen, im Moment. Als würde er keinen von ihnen näher kennen, wäre nie mit ihnen rumgehangen, tropfnass, hätte nie mit ihnen die Bretter in den Sand gelegt. He, Leute, wann kommt die Flut? Gehen wir raus? Wie wär's ... Wisst ihr ... Meinetwegen ...

Hier draußen ...
Bei mir ...

Also bleibt er einfach, wo er ist. Das möchte er, und nirgendwo anders hingehen. Er krümmt die Zehen und spürt, wie der Sand an allen kleinen Stellen bröselt, schaut auf seine Füße hinab, dieses Gefühl, der eigene Körper sei weit weg, als gehöre er womöglich einem andern. Dennoch. Einfach nur hier zu sein ... ist gut. Es ist ruhig, und die hohen Bäume sind da, als wären sie seine, Wards, eigenen grauen und alten Stücke Holz. Und wie ihre grauen Rinden blankgeschabt sind von den Meereswinden, gleichsam bis auf die Knochen, und die langen Piniennadeln liegen um die Wurzeln verstreut und pieksen ihn in die Haut, manche jedenfalls, doch ohne ihm wehzutun. Ward beugt sich vor und kämmt ein paar Bahnen Nadeln, Sand, Zweige … Siebt sie durch die Finger. ZERBRECHLICH ist das alles, ist die Welt, sein eigener Körper. Wenn er darüber nachdächte, was es heißt, hier zu sein und niemand weiß davon, würde sein Körper sich ganz leicht anfühlen, unheimlich leicht, so als könne er beinahe ebensogut nicht hier sein, bloß ein paar verstreute Einzelteile von einem Jungen, fünfzehn ist sowieso kein großartiges Alter, er weiß noch nicht viel, noch könnte er jedem erlauben, ihn in den Arm zu nehmen, ihm mit den Fingern durch das lange Haar zu fahren.

Und genau das braucht er jetzt eigentlich. Keine Worte, keinen anderen. Vielleicht hat es zum Teil damit zu tun, dass er sein Leben lang an den Strand hier gekommen ist, dass es einer der Orte ist, die es einem erlauben, still zu sein. Die wenigen Häuser an der Küste, auf der Ostseite der Insel, und das Physische daran erreicht ihn nach wie vor, zieht ihn in eine Abgeschiedenheit hinein, die er gern wahren möchte. Vielleicht. Denn das macht jeder mit den Dingen, die er gut kennt, nicht wahr, sich an sie klammern, als gehörten sie ihm, als hätte er darauf eine Art persönlichen Anspruch? Jene großen, alten gestrandeten Treibholzrippen und -rückgrate zum Beispiel, die weiter unten im Sand kauern, und die Klippen an der nördlichen Küste, von denen immer noch Steine fallen, wenn's draußen stürmt … Das ist alles bekannt, das weiß er. Schon die bloße Form der Landschaft, diese hübsche Halbmondform, und immer dieselben alten, kaputt aussehenden Häuser, in die immer dieselben Familien kommen, so wie seine Mutter schon mit ihrer Familie herkam, als sie ein kleines Mädchen war … Und auch die Schönheit der Häuser, ihrer leicht verblichenen Farben, und die Farben des Himmels und der abgeflachten Hügel dahinter … All das packt Ward, es packt ihn. Es hüllt ihn ein. Und, natürlich, das Meer.

Hier draußen …

Immer. Das ist es, was sie herbringt, die Familien, an diese Küstenkurve, wo die Sonne im Morgengrauen aus den Wellen steigt und sich ausbreitet, pink und rot und gelb, Farbflächen auf dem Wasser, dort, wo die Gezeiten herkommen. Egal, wo du bist, hier im Schatten oder vorne am Rand, das Meer ist gegenwärtig, als ob es jetzt, in diesem Moment, auf dich warte, nach dir Ausschau halte. So wie es jetzt auf Ward wartet und, zwischen den Bäumen, nach ihm Ausschau hält. Okay, könnte er sagen, er ist hier, okay? Er kommt ja gleich. Warte nur auf ihn, Meer. Es wird nicht ewig dauern, bis er mit seinem Brett wieder ins Wasser geht.

Durch die Bäume hindurch sieht Ward, wie die Wellen glitzern, wenn sie sich brechen, kleine Ritzen, und flach und eben dazu, außer einer Reuse aus weißem Schaum am Fuß der Klippe, und dort, wo sie vorspringt, einem Ansteigen, als falle das Wasser in sich selbst zurück ... Daraus wird später noch was. So gegen Fünf vielleicht. Bis dahin wird es angewachsen und südwärts gewandert sein, ein ordentlicher Brecher für den Strand weiter unten, Viertelmeile oder so hinter Falcons Land. Das sollte er den anderen sagen. Wenn er jetzt hinginge, an den Strand, wo sie alle sind, könnte er mit ihnen darüber reden, wie der Tag heute aussieht, über die Gezeiten, sein Gefühl, dass sich da etwas zusammenbraut, ich weiß noch nicht – sich ändert, vielleicht, und er, ja, er könnte ihnen davon erzählen.

Den Jungs.
He, Jungs.

Denn das ist hier doch der Kern der Sache, oder, dass letztlich das Meer die Fäden in der Hand hat und weiß, die Kids können, früher oder später, gar nicht anders als reingehen. Seinetwegen, könnte man meinen, dreht sich hier alles um die Bretter ... Und alle reden das Wetter runter. Manche, die seit Jahren herkommen, und die immer gesurft sind, sagen, sie kennen das Meer in diesen Breiten so gut, dass sie schon daran, wie sich die Sonne am Horizont spiegelt, sehen könnten, was für eine Welle zu erwarten sei ... Und ein bisschen verrückt vielleicht, aber doch auch schön, sich das vorzustellen, diese Art von tieferem Verständnis. Dass das Meer da draußen hinter der Linie mauert, aber ab und zu, grüppchenweise, größere Wasserhöcker freigibt, jene ganz ansehnlichen Brecher, die dann die lange Bucht entlangrollen … Und zu wissen, wann sie kommen … Letztendlich geht's nicht darum, dass man den Wetterbericht im Radio oder im Fernsehen verfolgt, sondern darum, hier zu sein, immer am selben Ort, Sommer auf Sommer dasselbe. Dieselbe böige, stille oder regendurchnässte Luft auf der Haut, und was das Meer darauf druckt. Wie du dein Brett ins Wasser legst und jenen Raum darin findest, der dich aufnimmt … Intuition, im Grunde. Glaube ich. Bei diesem Jungen. Und bei seinem Vater; bei dem allemal.

Also.
Sollte er's den Jungs sagen, klar.
Denn sicher haben sie mehr Zeit als irgendwer sonst damit zugebracht, an dieser Farmland-Felsenküste zu surfen, und gut möglich, dass heute wieder so ein Tag ist.
Möglich.
Ja?
Na sicher. Auch wenn's nicht ideal ist, mit dem Riff da draußen und dem groben Kies vorne an, aber die Wellen kommen regelmäßig, und der alte Falcon wird schon locker bleiben, den kratzt es nicht, wenn sie sich an den Säumen seines Landes herumtreiben, wo er seine Pferde und soundso viele Schafe weiden lässt … Und heute. Könnte das durchaus der richtige Ort sein, nachher, wenn

der große Schwell einsetzt. Sie könnten alle zusammen von hier aus rauspaddeln, dann aber die Küstenströmung hinter der Ecke mitnehmen und eine volle Viertelmeile weiter unten reinsurfen …

Aber Alex findet das nicht gut. Er sagt, da stimmen die Vibes nicht, bei Falcon, und wahrscheinlich hat er Recht. Der Strand sieht von den Landmaschinen ganz zerfurcht aus, und die Mädchen kommen nicht. «Was denkst du dir?» oder irgendwas Ähnliches würde er sagen, wenn Ward das vorschlägt. So nach dem Motto, warum überhaupt surfen, wenn keiner da ist, der dir zusieht, Baby? Alex. Wards bester Freund, von dem werdet ihr also früher oder später ohnehin Notiz nehmen müssen. Ward sollte jetzt vielleicht am besten einfach wieder an den Strand gehen, um bei Alex zu sein, sie könnten eine Weile dort rumhängen, vielleicht mit den Brettern rausgehen, aber sonst weiter nichts, erst später über die Welle nachdenken und wie sie ihr zu Leibe rücken … Erstmal nur ein bisschen die Zeit vertreiben.

Das Meer schaut Ward zwischen den Bäumen hindurch an, und allein der Gedanke – in diesem Moment –, da draußen zu sein, das seidige Gefühl des Wassers zwischen den Fingern, während er und Alex träge hinauspaddeln, sich vielleicht ein bisschen unterhalten, das Brennen der Sonne auf dem Rücken, der Honigduft des Wachses, der vom Brett aufsteigt, in der Nase … Lässt ihn … Ja, was? Wünschen, er wäre jetzt dort? Sich so fühlen, als wäre er's tatsächlich? Das passiert ihm ganz oft, glaube ich. Dass er so vollkommen in diesem Ort, in dieser Welt aus Sand und Wasser, aufgeht, und ständig spricht er darüber, ständig denkt er darüber nach, dass es ihm einfach zu … Zu stark wird, vielleicht? Als sehe er zu viel? Fühle zu viel? Vielleicht ist das der Grund, warum er manchmal von den anderen weg muss, weg von dem Geräusch, wie sie einander über den Lärm der Wellen hinweg rufen, und ihrer Transistorradios, die im Sand stecken und alle etwas anderes spielen … Einfach weg davon, wie sie sich unterhalten und rumhängen und lachen und witzeln, und bloß für sich sein. Als gebe es die anderen nicht, gebe weder seine Mutter, noch seinen Vater, noch sein Leben in der Stadt, noch die Schule; als zähle das alles nicht. Und irgendwo anders sein, hier zwischen den Bäumen zum Beispiel, wo die Gedanken an das Wasser ungebremst kommen können, und doch in der Stille Raum für sie ist, und du musst nicht reden, dich in keiner Weise produzieren. Du hast einfach das Gefühl, als könntest du für immer hier bleiben.

Aber das kannst du nicht, er kann es nicht. Sie werden schon fragen: Wo ist Ward, und: Habt ihr ihn gesehn? Dave, Charlie … Die Jungs aus der Schule. Jeff. Alex; möglich, dass Alex jetzt schon nach ihm fragt. Nur, ob er da rausgeht, sollte Ward sich nicht ihretwegen überlegen, sondern um seiner selbst willen, um zu zeigen, dass er gar nicht so anders ist, bevor ihnen ganz bewusst wird, dass er weg war. Eigentlich hat er, glaube ich, kein Gespür dafür, ob seine Anwesenheit von den anderen wahrgenommen wird oder nicht. Weil er nicht viel sagt, und da haben wir's wieder: wie schwer es sein kann, die richtigen Wörter über die Lippen zu bringen, Teil von dem zu sein, was um einen herum geschieht. Und ich weiß nicht, warum es für diesen einen Jungen so schwer sein sollte, wenn es den anderen bloß … leicht fällt. Einfach bloß leben, mit netten Leuten zusammen sein. Warum muss das überhaupt etwas damit zu tun haben, ob einer die richtigen kleinen Wörter zu sagen hat? Nur bei Ward geht das so. Nur bei ihm, und das ist es gar nicht, was die anderen wollen. Auch die Mädchen nicht. Seine Mutter nennt ihn «mein scheuer Bub» und fährt ihm mit den Fingern so durchs Haar, und keine Wörter, die darauf folgen … Aber das ist es nicht, was die meisten Leute wollen. Sein Vater sagt ihm immer wieder, er soll versuchen, sich zu ändern.

Ward schließt die Augen. Lehnt sich schwer gegen den Stamm einer alten Pinie, ein Geruch wie Staub, aber auch ein wenig Grün dabei, tief drinnen.
Und «Wo ist Ward?» kommen die Stimmen, er kann sie hören, Alex' Stimme.
«We-heg isser!»
Und er sollte da sein, bei ihnen …
«Wo ist er?»
Dies ist ein Sommerort. Ostseite der Küste, schwarzer Sand, Ebbe und Flut … Alles ganz unbeschwert, Ferien,

okay? Wo die Hitze aus dem Sand aufsteigt und von den Wellenflanken zurückprallt, eine Welle, noch eine … Und die Sonne ist am Himmel und der Himmel blau, und die Sonne strahlt von ihm ab wie von einem Auto, das du geliebt, abgeschmirgelt und neu angemalt hast, einem Auto, in dem du Mädchen mitnehmen kannst, so eine Farbe, für Mädchen, und für die Jungs, die sie durch die Gegend chauffieren … Und …

Unbeschwert.
Klar.
Soll es sein.

Ward lässt sich noch schwerer werden, legt den Kopf gegen die weiche Rinde, dreht die Seite seines Gesichts so, dass er sie glatt an seiner Wange spürt. Er kann nicht ewig hier bleiben, wie ein kleiner Junge. Er muss zu den anderen gehen. Alex von den Wellen erzählen, die er gesehen hat, oder gleich allen Jungs erzählen, was da oben an der Klippe los ist, was soll schon dabei sein, das ist doch ein gutes Thema.

O Mann.

Fünfzehn.

Als kleines Kind denkst du nie über so was nach, wie du bist, wie deine Eltern sind … Aber jetzt. Ward möchte die Augen gar nicht wieder öffnen. Manchmal, glaube ich, wenn er mit seinem Vater redet, fällt ihm nicht ein einziges Wort ein, das richtig sein könnte. Und sein Vater redet, er redet. Wenn die Mädchen vorbei kommen … Wie er da sitzt, draußen auf der Veranda, mit seinem Stapel Bücher, und die Mädchen über den Rand seiner Brille weg anschaut: «Na, wen haben wir denn da?», die Brille bis zum Nasenende runter schiebt und die langen Beine ausstreckt; und dann diese alten, verblichenen Board-Shorts, die er anhat. «Was gibt's, Mädels?» Diese alten Shorts, die er immer anhat.

Nur Wards Mutter nennt ihn «mein scheuer Bub». Ward hält die Augen geschlossen, schließt sie fester, so, dass es weh tut, beinahe ein bisschen sticht. Nur seine Mutter. Und es klingt inzwischen viel zu vertraulich, wenn sie das tut. Er sollte lieber aufpassen, wenn jemand in der Nähe und er mit ihr zusammen ist. Aufpassen, was seine Mutter tun, was sie sagen könnte. Wie, zum Beispiel, wenn sie nachdenkt, ihre Hand zu ihm hinwandert und sie ihn an sich ziehen will. Manchmal legt sie die Arme um ihn und das Kinn auf seine Schulter, sie denkt dabei nicht mal an ihn, aber trotzdem, er ist größer als sie, und besser, man sieht sich vor, das ist alles, schließlich ist er kein kleines Kind. Und er hat bisher nie über so was nachgedacht, nie, aber jetzt … «Komm her», sagt seine Mutter, mit dem Rücken am Haus lehnend, und dreht ihr großes Holzarmband ums Handgelenk, immer rund herum. Sie stellt einen

Fuß gegen die Innenseite ihres Beins und schaut sie beide an, Ward und seinen Vater. «Ach, warum nehmt ihr mich nicht einfach mit aufs Zimmer, ihr zwei.» Und dann tut sein Vater genau das, er geht zu ihr hin und hebt sie hoch, als wäre sie bloß ein kleines Mädchen in seinen Armen, und bevor sie im Haus verschwinden, dreht er sich um, und zwinkert Ward zu, und grinst …

Tja. Das braucht doch keiner zu wissen, oder? Was da los ist; wie seine Eltern sind? Wie Wards Vater ist? Nichts davon geht irgendjemanden was an, und du weißt, was das Meer sagen würde.

Lass sie, komm her.

Die Wellen glitzern und brechen sich.

Komm her zu mir.

II

Er sollte einfach ins Wasser gehen. Aufhören, über all das nachzudenken, das Meer hat Recht. *Lass sie.* Ward schlägt die Augen auf. Das Licht, der Himmel über ihm blau, als er hochschaut, blau zwischen den grünen Armen der Pinien ... Es ist wunderschön, und allmählich staut sich Hitze auf, es wird gut sein, mit Alex da rauszugehen, später Vormittag, beinahe Mittag inzwischen.

Er rappelt sich auf, berührt ein letztes Mal den Baum neben sich, das schöne graue Holz. Dann reißt er sich los. Genauso rasch, wie er aus der Hitze in den Schatten gekommen ist, rennt er jetzt hinaus in die Sonne und die gleißend helle Bleiche aus Licht und Himmel und Wasser. Er spürt, während er geht, seine großen, langen Schritte. Läuft weiter und weiter über den Sand, als werde er gleich über der Erde schweben ... Rennt, und, während er rennt, wandelt sich der Sand von kühl über heiß zu feucht ... Als sei er mit schwarzer Farbe durchzogen ... Zurück ... Zum Meeresrand –

«Seht mal!»
Alex hebt den Arm.

«Da ist er!»
Er hat eine Sonnenbrille auf, die ihm irgendwie schief im Gesicht sitzt.
«Wo warst du?», sagt er. «Die Welle müssen wir mal abchecken», und er zeigt hinaus, auf ein Stück Wasser, das eigentlich so aussieht wie immer.
«Ich hab auf dich gewartet», sagt er.

Und dann, für eine Sekunde, blitzt etwas zwischen ihnen auf, und vielleicht versteht ihr jetzt, was ich vorhin meinte. Diese beiden Jungen, die sich kennen … Seit ewigen Zeiten. Und wie Ward jetzt Alex ansieht, die verrückte Brille …
«Was hast du die ganze Zeit gemacht?», sagt Alex zu ihm.
«Bloß –»
Denn sie stehen hier ja eigentlich nur, aber irgendetwas an der Art, wie sie da stehen …
«Was?»
Alex nimmt die Brille ab, schaut Ward mit seinen eigenen Augen an, als wolle er sagen, was ist los, ich meine, mal im Ernst. Erzähl's mir. Es hat was davon, als schauten die beiden in einen Spiegel, so ungefähr; davon, wie es ist, wenn Jungs zusammen sind; davon, wie Brüder sein könnten.

«Ich weiß nicht», sagt Ward.

Alex sieht ihn noch eine Sekunde länger an, und dann lächelt er, schüttelt den Kopf. «He, Mann … Bist'n komischer Kerl …»

Und da seht ihr's wieder, da ist es: Er weiß genau, was Ward meint. Sie nehmen jetzt das Meer zum Vorwand, hinaus zu schauen, nicht reden zu müssen. Wie sich die Blautöne sammeln, wie sanft die Brandung da draußen, im Tiefen, ist … Das zählt jetzt. Nur aufs Meer schauen. Kann Ward doch egal sein, ob die andern da sind, auch die Mädchen, dieses neue Mädchen, das mit Beth und Sarah gekommen ist, und wenn Ward sich jetzt umdrehen würde, wenn Alex sich umdrehen würde, könnten sie sie sehen … Einfach cool bleiben, da ist das Blau, da ist die Linie. Obwohl es ein Leichtes wäre, sich umzudrehen und zu den Mädchen rüber zu gucken, denn keins von ihnen guckt her, während sie da auf ihren Handtüchern ausgestreckt liegen … Und sich wahrscheinlich bloß unterhalten, die Köpfe auf den Armen, die Gesichter einander zugewandt, damit sie hören, was die andere sagt, Wörter, die Ward und Alex nie hören könnten, die keiner der Jungs hören könnte, es sei denn, sie lägen dort bei ihnen, so nah müssten sie ihnen schon sein …

«Ich weiß, woran du denkst», sagt Alex, und er legt Ward eine Hand auf die Schulter. «Aber lass es lieber. Es lohnt sich nicht, Baby.» Er lacht, ein tapferes, unechtes Lachen. Steht breitbeinig da, die Knöchel tief im Sand vergraben.
«Daran hab ich gar nicht gedacht.»
«Ja klar.»
«Nein, wirklich nicht», sagt Ward, und sie kennen sich schon lange, aber er sollte sich jetzt wieder einklinken,

sich den anderen Jungs anschließen, nicht nur Alex, vielleicht mal anfangen, ein bisschen was zu erzählen, wie er's sich vorhin vorgenommen hatte.

Also sagt er: «Ich hab da eine Idee.»
Zeigt zum Fuß der Klippe, wo er es vorhin im Kanal hat rumoren sehen. «Ich denke, da sollten wir vielleicht reingehen», sagt er.
Alex setzt die Brille wieder auf, richtig diesmal. «Wo?»
«Da ...»

Selbst von hier, selbst nach so kurzer Zeit, kann Ward sehen, dass seine Vorhersage richtig war. Er blickt über ein großes, frisch geebnetes Stück Blau. Die ferne Sandbank hat einen breiten Wasserstrom in eine Art Becken gelenkt, Druck wird sich aufbauen, denn die Flut kommt von Norden, jetzt noch eine kaum wahrnehmbare Dünung, doch das Wasser dunkel und ölig ...
Er zeichnet die Konturen einer Welle nach, damit Alex sie sieht.
«Hast du sie? Da rechts?»
Und das Ganze wird sich, wenn es so ruhig bleibt und die Küstenströmung kommt, zu einer guten alten linksbrechenden Welle mausern, jetzt ist sie noch klein, aber schon im Anwachsen, und später, so gegen Fünf, wandert sie, genau wie er gedacht hat, Richtung Süden, auf Falcons Land zu, vielleicht schafft sie es noch ein Stück weiter rauf, sie wird Alex glücklich machen, wird geradewegs reinkommen, auf weichen, weichen Sand.

«Siehst du?»

Bei den Klippen ist es ruhig, die Möwen regen sich nicht. Als warteten sie, gemalt, am Himmel, und nur der schwarze Dreck fällt in tiefes Wasser. Doch Alex kann wahrscheinlich von alledem, was Ward ihm zu zeigen versucht, gar nichts sehen. Würde vielleicht warten, bis Ward schon im Kanal drinnen wär, bevor er überhaupt aufs Brett ginge ... Na ja, das ist nicht ganz fair, aber ... Ehrlich, jetzt schaut doch mal: Diese vollkommene, seidige Glätte etwa zweihundert Meter draußen, wie Satin, wie ein Schleier auf dem Wasser, und eine süße Kraft geht davon aus: Schönheit. Ein Rausch. Wie sagt Ward manchmal, an so Tagen, wenn er gute Tage hat? Volle Fahrt voraus?

«Siehst du?» sagt er noch einmal.

Und das können wir, nicht wahr? Es sehen? Oder vielmehr spüren, ein Meer, das etwas in sich birgt, als braue sich da was zusammen, in der Gezeitenströmung, der Temperatur. Machen das nicht alle Surf-Geschichten mit uns, verheißen sie uns nicht alle die große, stattliche Welle? Als ob die nächste Welle. Die beste sein wird. Lang ersehnt. Eine, an der die Bretter sich messen können, aber ich bin gar nicht sicher, ob das alles ist, worum es heute geht. Wo doch Wards Dad die ganze Zeit zu Hause ist, und seine Mutter vermutlich mit ihm, die Fensterläden des Schlafzimmers geschlossen, und wann hat irgendwer diesen Mann überhaupt das letzte Mal auf einem Brett gesehen?

Keine Zeit jetzt, darüber nachzudenken. Alex hat sich schon abgewandt.
«Schaut mal, wer hier ist!», ruft er. «Und Neuigkeiten für uns hat!» Er geht los, dorthin, wo die anderen stehen, und Ward muss ihm folgen.
«Hört mal her», sagt Alex.

Die Mädchen stützen sich auf die Ellbogen, schauen herüber. Dies ist Wards Moment, kein Zurück mehr, jetzt ist er wieder hier, bei den anderen, muss irgendetwas sagen, sich einklinken. So, wie sich gerade jeder Knochen in seinem Körper bemerkbar macht, fühlt er sich, hier vor ihnen, vor ihren Augen, ausgestellt, während er mit Alex zu Richard hinübergeht. Zu Will. Zu Rasfield, den Jungs aus der Klasse über ihm … Spürt jeden einzelnen Zentimeter von sich, als er jetzt bei ihnen steht, die Arme, wie sie links und rechts an ihm runterhängen, diese Shorts, die er anhat, jeden einzelnen Zentimeter nimmt er wahr, Ward, er kann sein Herz hören. Er steht hier bloß – eine Gruppe von Jungs und Mädchen –, mehr macht er nicht, er steht bloß hier, auf dem heißen Sand …

«Was gibt's Neues, Mann?»

Und die Mädchen schauen erst ihn, und dann einander an. Als ob …

«Also?»

Und Alex hat sich ihm wieder zugewandt, schaut ihn an, erwartungsvoll …

«Na ja …», sagt Ward und holt Luft.
Und sie stehen bloß alle zusammen hier rum, bloß eine Gruppe von jungen Leuten, mehr nicht. Er kennt sie alle, er kennt sie doch, er weiß, was er sagen will, über die Flut, wie sie sein wird … Aber … Er denkt … Es ist, als könne er nicht denken …

Und dann sagt Alex zu ihm: «Ist doch nichts dabei, Baby.»

Ganz leise. Nur zu ihm, niemand sonst hört es. NICHTS DABEI. Und Ward schaut ihn an, nein? Wirklich? Ist es okay? Und die Mädchen kommen von ihren Handtüchern hoch. Sie stehen da, streichen sich die Haare zurück, setzen die Sonnenbrillen auf.
«Was ist los?»
«Überlegt ihr, ob ihr rausgeht?»
Beth. Sarah. Das neue Mädchen, alle stehen ziemlich nah bei ihm, schauen ihn an, warten, und … Wirklich. Kann Alex nicht einfach Recht haben? Kann es nicht tatsächlich einfach okay sein? Ward holt noch einmal Luft.
Dann sagt er: «Da ist eine starke Strömung, ungefähr eine Viertelmeile von hier, bei der Klippe da hinten. Deutet wahrscheinlich auf eine Temperaturänderung hin, draußen auf dem Meer …», und er streckt den Finger aus, dort,

seht ihr? Es ist okay. Er hat angefangen, und jetzt kann er auch weitermachen, ihnen von dem Wetterbericht erzählen, den er gehört hat, von der spiegelglatten Oberfläche, an der man erkennt, dass in der Tiefe eine Unterströmung auf die Küste zuläuft …

Und Alex lächelt, nickt mit dem Kopf, gut, darauf versteht sich Ward einfach gut, und Alex hat Recht, nicht wahr, es kann so leicht sein. Die Jungs kommen näher, und Ward redet weiter, und alle stehen um ihn herum, sie sind Freunde, echte Freunde, sie alle, hier, zusammen.

«Wann denn, Wardy?»

«Später», sagt Ward. «So gegen Fünf vielleicht.»

«Okay.»

«Okay.»

«Danke, Mann …»

«Kein Thema», sagt Ward.

«Und was machen wir solange, Leute?», sagt Jeff.

Und Sarah sagt: «Beth hat schon eine Idee.»

Na also: Es ist okay. Kann okay sein. Die Atmosphäre hier, unter all den Leuten, diese Atmosphäre ist Ward wohlvertraut. Das Ganze, wie ihre Eltern sich alle kennen, und wissen, wer auf welche Schule geht, und wo jeder von ihnen wohnt … All das. Es ist … eine Art Verbundenheit, würde ich sagen, und Ward mittendrin, als gehöre er dazu, denn das sollte er auch, nicht wahr, zu einer solchen Gruppe gehören, und sie stehen alle dicht beieinander, und

da ist ein Arm ganz nah bei seinem Arm, und eine Stimme gleich rechts neben seiner Schulter, «Hi».
Das neue Mädchen, und sie lächelt.
«Alison, nicht?»
«Ja.»
Ihr Gesicht ist ihm zugewandt, die Sonne spiegelt sich in ihren blass getönten Brillengläsern.
«Okay», sagt er, sagt Ward. Dann schauen sie beide hinaus auf den Ozean.

Es ist so schön hier, aber Ward … Ich glaube … Er weiß nicht, was er machen soll. Da ist der Arm des Mädchens gleich neben seinem, sie berühren sich sogar, und die Seite ihres Körpers ist ganz nah, aber sein eigener Arm hängt wie ein klobiger Holzklotz an ihm herab, als könne er sich plötzlich überhaupt nicht mehr rühren, oder vielleicht denkt er, er wird das Mädchen anrempeln, sobald er sich auch nur einen Zentimeter bewegt, oder sie wird glauben, er tue irgendetwas Merkwürdiges, also hält er mit dieser ganzen Seite seines Körpers so still wie nur möglich. Wenn ihm bloß einfallen würde, was er sagen könnte. Nur zu ihr, irgendwas, das sie vielleicht verstehen würde. Zum Beispiel über das Wasser da draußen, meilenweise Blau und Grün … Alles Mögliche über das Wasser und übers Im-Wasser-Sein, und wie es ist, in solchem Wasser zu surfen … Das wäre gut. Ihr irgendwie zeigen … Vielleicht den Arm um sie legen, wer weiß, und ihr erzählen … Vom Sog, den Wellen auf ihn ausüben, die kleinen kabbeligen ebenso wie die großen, und vielleicht würde sie sagen, das ist wunderbar, Ward … Und er würde weiter und weiter reden, lauter Sätze und Wörter, würde voller Leidenschaft beschreiben, wie der Ozean sich anfühlt, wenn du ganz tief draußen bist, und das Salz ist wie ein Körper, der dich hält … Wenn er bloß die Wörter finden könnte, die richtigen Wörter …

Doch stattdessen sagt er: «Damit können wir bestimmt noch was anfangen. Es kommt von Norden, hat mein Vater gesagt …»

Und kaum sind diese Wörter ausgesprochen, noch in derselben Sekunde, ist der Moment mit dem Mädchen vorbei.

Nein.
Das Meer seufzt, weicht zurück.
Nein.
Nein.
Nein.

O doch. Das Gefühl ist nicht mehr da. Weil er das eben gesagt hat, mit seinem Vater, aber wie kommt das bloß … Dass alles, selbst die Berührung ihres Arms, weit, weit weg erscheint.

Nein.

Zu spät, es ist passiert, wie immer, wenn von seinem Vater die Rede ist, so dass jetzt nicht mehr Ward hier derjenige ist, sondern sein Dad, egal, könnte ebensogut er sein, der hier steht. Als zähle nur er, sogar seine Wörter hat Ward benutzt, als er übers Wasser sprach, und das Ganze in eine Geschichte verwandelte, wie sein Dad sie erzählen würde, mit Fakten; dieser Art von Macht. Exakt so. Spricht sein Vater über das Meer, wie um es zu beherrschen, und Ward hört zu, und jetzt schaut ihn euch an, er macht es genauso. Wie ja auch die Jungs immer fragen, «Was meint dein Dad?», wenn sie unsicher sind, ob sie rausgehen sollen oder nicht. «Hat dein Dad denn gesehen, wovon du da sprichst, Ward? Was sagt er dazu?» Und so fängt Ward wieder an, über den Ozean nachzudenken, aber wie sein Vater diesmal: Das ist passiert, also folgt jetzt dies und jenes. So dass der Blick übers Meer, als er wieder hinausschaut, nicht mehr sein eigener ist, der ist verschwunden; stattdessen breitet sich vor ihm der Plan aus, den sein Vater für diesen Tag entwirft.

Und da ist was Größeres im Anzug. Okay. So wie der Schwell sich aufgebaut hat, höher noch, als Ward zuerst dachte. Es stimmt. Wie das Wasser da hinten an der Barre aussieht, rechts bei der Klippe, und jenseits davon, weiter draußen, wo das Riff endet ... Daran kann man's sehen. Dass von jetzt an jede Kleinigkeit, eine Temperaturänderung, ein noch so geringer Ausläufer des Sturms von letzter Nacht ... Das Wasser dickflüssiger machen, dunkel, und eine Welle bringen wird. «Ein Norder». Das Wort hätte er auch gleich verwenden können. Gegenüber dem Mädchen, aber sie hat sich schon abgewandt. «Ein Norder», so nennt das sein Vater, wenn ein Temperatursturz und eine anständige Küstenströmung zusammen kommen. Wie etwas, wovor man sich fürchten müsse, aber sein Vater hat sich noch nie gefürchtet, er lächelt nur. So wie heute Morgen, als er über das Wetter geredet hatte und in sein Zimmer gehen wollte, an den Computer. «Pass auf dich auf, Kleiner», sagte er.

Tja … Na und? Hohe Wellen nach einem Sturm sind immer ein gutes Thema, und wer hat schon Angst, Ward hat auch keine. Er dreht sich um, sieht sein Brett, da wo er es gelassen hat, die längliche Form, grüne und weiße Streifen, aber vom Surfen, vom Salz, von der Sonne verblichen. Er kann hier immer noch bestehen. Er wollte doch richtig gute Brandung, um rauszugehen, jetzt ist es eben ein Norder, na und, das wird er schon schaffen, das schafft er bestimmt, und zwar auch ohne seinen Vater.

Sein Vater kann ihm gestohlen bleiben.

Der liest jetzt gerade oder verdient Geld am Bildschirm. Er ist nicht mal in der Nähe dieses Ozeans. Ward und seine Freunde sind hier, sie sind es, um die's uns jetzt geht … Das Mädchen, das Hi zu Ward gesagt hat, dessen Arm seinen Arm berührt hat … Also, bloß nicht jede dumme Kleinigkeit wieder hochkommen lassen, was seinen Vater angeht. Er hat heute Morgen, am Tisch in der Sonne sitzend, bloß etwas gesagt, das ist alles. «Was hast du heute Morgen vor?» Und einen Schluck Kaffee getrunken, was ist schon dabei, verdammt. Er hat Ward bloß über den Rand seiner Tasse hinweg angeschaut. «Gehst du ins Wasser?» Dann hat er die Tasse abgestellt. Er hat bloß über's Wetter gesprochen. Und weiter war doch nichts, okay? Das offene Fenster. Der Tisch. Die Zeitung. Die ganze Szene in Sonne getaucht. Ein Vater, der mit seinem Sohn redet, nichts weiter. Über Druckverhältnisse, einen schweren Sturm in der vergangenen Nacht, draußen auf dem Meer, fünfzig Meilen von hier, rechne damit, dass Teile der toten See bis hier reinlaufen. «Okay», hatte Ward immer wieder gesagt. «Okay». Es ging um Windgeschwindigkeit. Temperatur. Wellen zählen, um sicherzugehen. «Okay. Okay»... Dann war seine Mutter gekommen. Hatte sich hingesetzt und Kaffee eingeschenkt, und im selben Moment hörte sein Vater auf. Das war's: alles aus, als seine Mutter herein kam, die beiden tranken Kaffee zusammen, wie jeden Tag, schauten in die Zeitung und ließen Ward stehen. Einfach stehen, quasi als warte er dort. Aber ... worauf? Da war der Tisch. Die Zeitung. Genau wie jeden Morgen, sein Vater und seine Mutter, ihre Füße ein Knäuel unter dem Tisch, und Ward, der irgendwie wartete ... So dastand ... Bis Wards Vater schließlich sagte: «Also?» Und plötzlich schien es, als seien Stunden vergangen, seit er ihm von all den anderen Sachen erzählt hatte, vom Wetterbericht im Radio, vom Sturm. Stunden, seit sie so zusammen gewesen waren, sein Vater mit ihm geredet hatte, nur mit ihm … Denn jetzt sagte er: «Startklar? Kann's losgehen?»

DANN GEH, meint er. ICH KANN DICH HIER NÄMLICH NICHT BRAUCHEN.

Aber wisst ihr was? Und wenn schon. Das ist auch nichts weiter als eine zusätzliche Information, noch mehr Wörter, schön, aber nichts Neues, und das kann sein Vater gut … Wörter wichtiger klingen lassen, als es sein müsste. Am besten auf Durchzug schalten, wenn der Mann was sagt. Schließlich geht er inzwischen ja nicht mal mehr raus. Wann hat ihn denn zuletzt jemand gesehen? Seltener und seltener geht er zum Schuppen, wo seine großen Jungs stehen, die alten Neun-Fuß-Bretter, die er schon ewig hat, die er immer benutzt hat, aber jetzt benutzt er sie nicht. Jetzt redet er nur noch, und bloß weil Ward dagestanden hat wie ein Idiot, der auf irgendein Almosen des Königs wartet … Ist es noch lange nicht nötig, sich sein Gerede wieder und wieder durch den Kopf gehen zu lassen, okay? War doch klar, dass sein Dad sich abwenden würde, sobald seine Mutter kam. So sind die beiden eben. Die Blicke, mit denen sie einander ansehen. Und wie seine Mutter die Hand ausgestreckt und «Guten Morgen, Liebling» zu ihm gesagt hat, aber dabei die ganze Zeit seinen Vater anschaute …

Das war heute Morgen. Und was kümmert ihn im Moment heute Morgen. Er ist jetzt mit Alex zusammen, und dieses Mädchen, Alison, Beths Freundin, ist da. Und Beth selbst, und Sarah, und Richard, und Will … Es ist alles hier; er ist hier. Der Strand, Badelaken, Taschen. Die kleinen Radios, die vor sich hin dudeln. Weiter unten stehen ein paar aufgespannte Schirme, ein paar Kinder spielen. Und das Wasser, es … Hängt dort. Wie ein Schleier, denkt Ward, und das hat nichts mit seinem Vater zu tun; das hätte er Alison vorhin gerne gesagt. Einfach nur, dass das Wasser wie ein Vorhang auf einer Bühne ist, und dass er jeden Moment aufgehen und ihnen alles enthüllen wird; dass es scheint, als seien all seine Hoffnungen hinter dem Vorhang verborgen, und deshalb dürfte er sich auch ruhig öffnen, denn dann würde sich zeigen, dass es dort nichts gibt, weswegen er, Ward, sich fürchten oder schämen oder unsicher fühlen, nichts, weswegen er sich anders vorkommen müsste als der Rest, oder so sonderbar, dass er, und dieses Mädchen, das seinen Arm berührt hat, es sich nicht anschauen könnten: Siehst du? Alles ist gut. Es kann mich nicht verschlingen. Ein Schleier. Der sich hebt und senkt. Jede Welle ein Stück blauer Stoff, der zerknittert, glatt wird, Falten wirft und sich wieder ausbreitet, ein Vorhang, aber nichts dahinter, wovor du Angst haben müsstest, nur all deine Hoffnungen, alles, was du dir je zu wünschen glaubtest.

III

«Machen wir jetzt was?»
Ward dreht sich um, und Alex schaut ihn an. Er wartet.
«Gehen wir raus, oder was?»
«Vielleicht ...»
Aber hör mal ...
«Vielleicht ...»
Da ist er wieder, sein Vater: Vielleicht gibt es nicht, würde er sagen. Du bist nicht Gott; du musst dir sicher sein. Selbst hier, mit Alex und den anderen zusammen, kann er den Mist mit seinem Vater nicht abschütteln. Er klebt an ihm.

«Los, Ward!» So war das doch, oder? «Du schaffst es!»
Schon immer. Von Anfang an.
«Ich weiß, dass du's schaffst.»
Ja ja, Ward weiß. Wie er ihn damals auf sein großes langes Brett gestellt hat, als Ward noch ein Knirps war, gerade erst laufen lernte, und seine großen Hände um Wards Taille gelegt, damit er sicher stand.
«So ist's richtig! So ist's richtig, gut gemacht, Wardy!»
Und dann ist er älter, und sein Vater und er sind dicht beieinander, längsseits, und jedes Mal, wenn Ward Angst

bekommt und die Welle ihn vom Brett holt, lacht er, «Keine Angst! Halb so schlimm»... Und sag niemals «vielleicht», bei so einem Vater gibt es kein Vielleicht, nur sicheres Wissen. Er hat's dir ein für allemal erklärt. Dass das Wasser dich beherrscht und du Teil davon bist, keine Diskussion, also gibt es kein Vielleicht, niemals – du handelst einfach, du hast keine Wahl, gehst mit deinem Vater raus, und das willst du auch, du kannst gar nicht anders.
Also ja, klar, natürlich.
«Ich möchte stolz auf dich sein!»
Genauso ist er, sein Vater, so hat Ward ihn früher immer gesehen, wie er, den Körper flach auf dem Brett, rauspaddelt, mit diesen Armen, denselben Händen, die sich einst um Wards Taille gelegt haben. Dieselben Augen, die Ward heute Morgen angeschaut haben, blaue Augen, so blau wie das Wasser hier. Beobachtend, prüfend. «Gehst du raus?»
«Dein Dad», sagt Alex. «Der bringt's.»

Auf einmal sieht Ward ganz müde aus.
«Wir könnten rausgehen», sagt er jetzt zu Alex, aber ich glaube, in dieser Sekunde möchte er, mehr als alles andere, nach Hause ins Bett. Die Vorhänge zuziehen. Sich auf kühle Laken legen und den Tag verstreichen lassen, einfach verstreichen lassen. Nicht denken müssen oder schwimmen oder das Brennen der Sonne auf der Haut spüren ... Nur schlafen ... Okay, sie finden seinen Dad alle so cool, sie kennen ihn eben nicht. Ständig am Computer hocken, Geld, Geld, oder auf der Veranda sitzen und lesen, was

anderes tut er nicht mehr. Klick, klick. Der Markt, und «Na, Mädels?» draußen auf der Veranda. Er geht nicht mal mehr aufs Brett, nur noch klick, klick, sogar in den Ferien, der Markt, all sein Geld, und dabei ist das Meer da, das Wetter, aber sein Vater bleibt, wo er ist. Und erzählt Geschichten über das Wasser, aber nur, wenn er Lust dazu hat, dann wirft er mit seinem speziellen Wissen um sich … Meistens hat er die Dinge unter Kontrolle. Ward hat gesehen, wie das geht. Wie die Leute sich in Gegenwart seines Vaters verhalten, selbst wenn sie ihn schon lange kennen, sie horchen trotzdem auf, hören genau zu, auch die Jungen, «Mr. MacFarlane, Sir …» Und alles, weil sein Vater sie dazu bringt, sich so zu benehmen. Erst heute Morgen wieder, diese Art, wie er Gesprächspausen benutzt und dann Wörter: pure Kontrolle. Benimmt sich, als wäre er niemandes Vater. Etwa wenn Wards Mutter zu ihm kommt und ihm die Handflächen auf den nackten, flachen Bauch legt, und er sagt zu ihr: «Wie war noch mal Ihr Name? Sie sind hübsch. Kann ich mit Ihnen ausgehen?»

Hm …
Alex sagt also: «Der bringt's …»
Aber Alex kriegt jetzt nicht Wards Dad, er muss mit ihm Vorlieb nehmen.
«Und ich sag dir, wir checken jetzt mal die Lage.»

Denn mal im Ernst. Er kann nicht bis in alle Ewigkeit über diese Dinge nachdenken. Es ist Tag, dieser Tag, und es gibt mehr in der Sonne zu tun als rumsitzen und die ganze Zeit an seinen Vater denken.
«Ja! Ja!» Alex grinst ihn an, hält die flache Hand hoch.
«Dann komm», sagt Ward, und er geht zu seinem Brett hinüber.

Sie werden jedenfalls schon mal anfangen. Ist mein Eindruck. Nicht viel los draußen auf dem Wasser, aber das wussten sie ja, dass es erst später soweit ist. Im Augenblick genügt es Ward, hier zu sein, mit seinem Freund und seinem Neunfußbrett, das hochkant vor den flachen Dünen im Sand steckt. Ward geht näher heran, es muss nachgearbeitet werden. Er streicht mit der Hand über die Unterseite, später am Nachmittag kann er das vielleicht machen. Rausholen, das Wachs in der Sonne ein bisschen anschmelzen. Den weichsten Lappen nehmen. Da sind ein paar kleine Kratzer, hier, und hier ... Wachs in die Risse reiben, bevor er rausgeht. Er rollt die Fangleine zwischen den Fingern, die mal erneuert werden müsste, aber heute wird sie noch halten. Okay, ja. Die hält, wird schon.

«Okay?»

Alex' Stimme ist direkt hinter ihm, Ward dreht sich um, er hat sein Brett schon unter dem Arm. Und jetzt schauen die Mädchen rüber. Und da ist auch das eine Mädchen wieder,

Alison … Aber es ist wirklich weg. Das Gefühl. Irgendetwas daran zerschellt an den Wörtern seines Vaters, vorhin, und dem verdammten «Startklar? Kann's losgehen?» Vielleicht hätte er einfach den ganzen Tisch nehmen, ihn umschmeißen sollen. Ja, klar. Als hätte er das je getan. Das Holz gebrochen, und wie sie dann dagesessen hätten, seine Eltern, das nackte Knäuel ihrer Füße entblößt … Schreien wollte er, sich selber so hinschmeißen, selber ein Brett sein, das gegen die harte Kante der Welle geschleudert wird, zurück prallt, in die Arme seiner Mutter stürzt … Als hätte er so was je getan, Feigling, natürlich nicht, überhaupt nichts hat er getan.

Komm jetzt, lass es gut sein, sagt das Meer.

Und er sollte es gut sein lassen, sollte es vergessen …

Komm …

Doch seine Mutter weiß genau, nicht wahr, was los ist. So wie sie heute Morgen zu Wards Vater gesagt hat, «Robbie, was machst du denn da mit ihm?», und dann ist sein Vater aus dem Zimmer gegangen …

Das Meer wird weicher, drängt vorwärts, sanft, ans Ufer.

Sie weiß Bescheid.

Und jetzt hört er Alex sagen: «Worauf wartest du?», und Ward merkt, dass er bloß dagestanden hat. Er schaut Alex an, und Alex lächelt, unbekümmert. So wie immer. Bester Freund eben. Der Unbekümmerte. Der dich, irgendwie, auf den Boden zurück holt und dich daran erinnert, egal was sonst los sein mag, dass hier nur zwei Jungs am Strand, mit Surfbrettern unter dem Arm, zusammen rausgehen, obwohl keine Wellen da sind, nur in die Sonne raus, aufs Wasser, zum Spaß, Jungs, einfach nur zum Spaß.

«Also?», sagt Alex.
«Also?», gibt Ward zurück.
«Packen wir's.»
«Packen wir's.»

Und sie gehen zusammen runter zum Wasser. Hinter ihnen sind die Mädchen, sie rufen ihnen nach:
«Viel Spaß dann, ihr zwei!»
«Ja, seid bloß vorsichtig da draußen!»
Sie lachen, «Ja, macht uns bitte ordentlich Eindruck! Bei der totalen Flaute!»
«Werdet ihr euch an den Händen halten?»

Und was wäre denn eigentlich dabei, wenn er wirklich Alex' Hand nehmen würde? Nur seine Hand nehmen. Das haben sie schon manchmal getan. Früher, als kleine Kinder, wie um einander zu sagen: Können wir bitte zusammen bleiben? Passt du auf mich auf? So wie die kleinen

Kinder am Strand jetzt aufeinander aufpassen, sie klauben sich gegenseitig aus dem Wasser, und die etwas Größeren sagen zu den Kleinen: Komm, ich zeig's dir.

Ward hört die Mädchen rufen, «Tschüs, Jungs!»
Aber Alex bleibt nicht stehen.
«Tschüs, Mädchen!», brüllt er zurück, dann sagt er zu Ward, «Die sind bloß neidisch.»
«Meinst du?» Ward dreht sich um und sieht nur, dass sie sich wieder auf den Handtüchern ausstrecken, sie schauen gar nicht her zu ihm und Alex, sind ganz mit sich beschäftigt. Eine von ihnen, Beth, cremt Sarah den Rücken ein.
«Ich glaube nicht ...»
«Doch, klar», fällt Alex ihm ins Wort und geht weiter, jetzt ins Wasser hinein. «Sie wären froh gewesen, wenn wir sie gefragt hätten, ob sie mitkommen wollen, und sie rausgeschleppt hätten, weißt du? Auf unseren Brettern liegen und braun werden, das wär's ...»

Ward lächelt.
«Tschüs, Mädchen!»
Alex ist vor ihm, und natürlich kann er letztendlich nicht auf Ward aufpassen, auch wenn er vielleicht so tut. Sie sind bloß zwei Jungen, mehr nicht, und es werden Jahre vergehen, ehe Ward über all das einmal nachdenkt, was hier gerade läuft; er und sein Freund, wie sie einmal waren. Vielleicht wird er nicht mal Jahre später darüber nachdenken, oder es nicht in diese Worte kleiden. Wie das war, dass

Alex oft alles leichter für ihn machte, als er ein Junge war: «Tschüs, Mädchen!» Eine Art Witz draus machte. Wie er Ward zeigte, dass all das andere Zeug, das ihm im Kopf herumging, immer rund herum, nicht so wichtig war – nichts dabei, weißt du noch? Das hat Alex gesagt.

Inzwischen ist auch er weiter ins Wasser hinein gegangen, Ward. Der Strand, hinter ihm, scheint weit entfernt. Manchmal blendet die Sonne alles aus, wie auf einem zu lange belichteten Foto, und das tut sie jetzt, blendet Details aus, Ränder, als könnte sie, vielleicht, auch alle Gedanken ausblenden. Ward schaut blinzelnd hoch. Die Sonne wird zu einem unscharfen Fleck und verschmilzt mit dem Wasser. Alex ist schon im Tiefen und liegt auf seinem Brett; in diesem Licht sieht er aus wie ein Stück Farbe, Bewegung. Ward geht noch weiter rein, und der Sand schmiegt sich glatt unter seine Füße, wie geschnitzt. Da ist das Gewicht des Bretts unter seinem Arm, fast auf Wellenhöhe jetzt, und er lässt es los. Er streckt beide Arme nach vorn, senkt den Kopf und gleitet ins Wasser, ertastet das Brett, drückt es unter sich. Augenblicklich ist die Sonne heiß auf seiner Haut. Auf seinem Rücken. Seinen Schultern. Alles ist Sonne, sie sind gefangen darin, allesamt. Er, sein Freund, die Leute am Strand. Sonne. Wie auf einem von diesen Fotos. Alex vor ihm, flach auf dem Brett liegend, stark, obwohl auch er in Sonne und Farbe verschwindet, in diesem Licht, er sieht stark aus, er ist jung, ihm kann nichts passieren.

Ward fängt an zu paddeln, um ihn einzuholen, Alex dreht sich um. Jetzt, im Näherkommen, kann Ward ihn deutlicher erkennen. Als hätte die Belichtung das Bild magnetisiert, brächte Umrisse zum Vorschein, Einzelheiten … Alex' dunkles Haar, hinten im Nacken angeklatscht. Die Farben der Schnüre an seinem Handgelenk, pink und gelb und hellgrün, abwechselnd über und unter Wasser. Jetzt ist Ward neben ihm.

«Hey.»

«Macht Spaß.»

«Ja, schöne Strömung. Geht ganz leicht.»

Sie überlassen sich dem Spiel des Wassers, eins-zwei, eins-zwei, dem Auf und Ab der Dünung.

«Alles okay?», fragt Alex.

Ward taucht die Hände ein, im Wechselschlag.

«Denk schon.»

Sie müssen sich gar nicht sonderlich anstrengen, die Strömung treibt sie hinüber zur Barre, und das Weißwasser … Uuh, da … Schon sind sie drüber.

«Jaaa!»

«Wow.»

Dieses schöne Gefühl, zu steigen und wieder zu fallen, auf der anderen Seite, und erst dann ist dir, als seist du wirklich im Ozean.

«Wow», sagt Ward noch einmal, spürt von tief unten her seinen Atem entweichen. Das Geräusch des Wassers neben ihm, Plitsch-Plitsch, Flanken aus klarem Blau und der tiefe Rhythmus darunter, marineblau und dunkel und wahr.
«Ich bin froh, dass wir rausgekommen sind», sagt er.
«Ich auch.» Alex dreht sich auf den Rücken. Hebt die Arme, lässt sie wieder sinken. Dann sagt er: «Warum wolltest du vorhin weg?»

Ward schaut ihn an.
«Weg?»

Ein Herzschlag, eine Sekunde. Dann,

«Ach komm. Mach mir nichts vor, Mann.» Alex schließt die Augen. «Ich weiß, dass du drauf und dran warst», sagt er. «Als die Jungs rüber kamen, warst du drauf und dran, wieder abzuhauen. Genau in dem Moment, und als die Mädchen da waren ...»
«Das war vorher ...»
«Nein, später, als das eine Mädchen ...»
«Alison», sagt Ward.
«Ja ...» Alex beugt sich herüber und tippt Ward an den Rücken. «Sie mag dich.»
«Ja?»
«Ja ...» Alex legt sich hin, schließt wieder die Augen. «Weißt du», sagt er, «später läuft was bei Beth, da können wir hingehen ...»

Doch genau in dem Moment rollt ein träger Wasserhügel auf sie zu, schiebt sich unter sie, hebt sie beide an und schwingt sie weit nach links hinaus. Ihre Bretter werden getrennt. Der Sog zieht Alex ungefähr an die gleiche Stelle zurück, aber Ward nimmt die Welle weiter mit, er treibt noch ein Stück hinaus, bleibt dann dort liegen. Eine Möwe kreist über ihm. Ward sieht das Rote an ihrem gelben Schnabel, einen Fleck wie eine Spur von Blut, und da kommt der Schrei, ARGHH! ARGHH! So nah ist sie. Er legt den Kopf zurück, direkt über ihm der weiße Bauch des Vogels, der weiche Federflor, dann schießt die ganze Gestalt pfeilförmig hinab ins Meer. Das Wasser hebt sich erneut, sinkt, und der Vogel ist wieder oben, irgendetwas im Schnabel, womit er nicht fertig wird. Er lässt es wieder ins Wasser fallen, ein ziemlich großer Fisch, aha, tatsächlich, er hatte also Recht. Natürlich. Hatte sein Dad Recht. Große Fische im Kanal kommen von weit draußen aus dem Ozean, sind viel zu groß für die Möwen hier, heißt … Neues Wasser. Ward lächelt, vielleicht, weil er die Kraft, die dort herkommt, schon spürt, sie ist im Schrei der Möwe. Erst der Moment des Herabstoßens, und dann echtes Blut am gelben Schnabel, als der Fisch geschnappt war und zum größten Teil wieder ins Meer fiel, und kein anderer Räuber in der Nähe, der ihn sich holte. Neues Wasser, ganz klar.

«Hast du gesehen?»

Ward ist jetzt wieder auf Alex' Höhe, aber Alex hat nichts mitgekriegt. Er hat die Augen geschlossen, als schlafe er, und der Himmel ist ruhig, die Möwe verschwunden. Ward betrachtet ihn eine Minute oder so, wie er daliegt, mit einem leisen Lächeln im Gesicht, als schlafe er. Etwas davon könnte Ward auch gebrauchen, einfach faul rumliegen, nichts tun. Warum nicht auch die Augen schließen und ein bisschen abhängen. Dann, als er das gerade tun will, den Kopf auf die verschränkten Arme legt ... sagt Alex: «Lass uns zurück. Ihre Eltern sind heute den ganzen Tag weg. Sie hat Leute eingeladen. Drinks, was zu essen ... Alle werden da sein ...»

Ward nimmt die Arme wieder auseinander.

«Lass uns zurück», sagt Alex noch einmal.

Er paddelt ein bisschen, dann zieht er die Arme aus dem Wasser und legt sie, einen über den anderen, wieder vor sich aufs Brett. Stützt das Kinn darauf, schaut geradeaus.

«Also?» sagt Alex.

Und das Blau ist da, über dem Braun seiner Arme, ein naher Horizont, höchstens einen Meter weg, weiter nicht. Und er kann das Salzwasser auf seinen Armen riechen, leckt am Handrücken, um es zu schmecken, und,
«Also?» gibt er zurück.
Ich glaube, er kann's nicht anders.

Nicht richtig antworten, meine ich. Sondern nur so tun, als sei das nichts Besonderes, als sei's ihm egal, ob er auf irgendeine Party geht oder nicht, dabei … Warum sollte er über irgendetwas anderes nachdenken müssen? Solange er hier draußen ist, und seine ganze Welt ist hier? Auf eine Party gehen, irgendwo drinnen rumsitzen, im Dunkeln?

Aber.

Nun hat Alex es mal gesagt, und vielleicht hat er Recht und sie sollten hingehen. Wo doch alle anderen dort sind, und es wäre schon komisch, wenn er nicht käme. Wenn er, zum Beispiel, hier draußen bliebe und gar nicht bei Beth auftauchen würde, einfach hier bliebe … Hätte nichts dagegen. Er schließt die Augen.
«Ward?»
Dann sagt er, «Vielleicht.»

Alex lacht kurz auf.
«‹Vielleicht›, ja?», sagt er, und lacht wieder. Ein paar Sekunden verstreichen, dann fängt er an, den alten Elvis-Costello-Song zu summen.
A--li-son …

Klar, dass jetzt die ganzen Witze kommen müssen. Immer wenn alle zusammen sind, Jungs und Mädchen, und he, was läuft …

Ward verpasst Alex eine Ladung Spritzwasser, und Alex revanchiert sich sofort.

A--li-son …

Verpasst ihm noch eine Ladung.

Und es ist so anstrengend, im Grunde, dass sie sich jetzt so verhalten müssen. Als sei alles eine kleine Showeinlage, und du redest oder machst einen Witz, um zu verbergen, was du wirklich gerne sagen würdest. Er schaufelt noch mehr Wasser in Alex' Richtung, weil Alex ihn so anschaut, und immer weiter summt, nach dem Motto: ja ja, klar … Darum dreht sich hier alles. Auch vorhin, als er Ward den Arm um die Schulter gelegt hat. «Ich weiß, woran du denkst.» Woran denn? Ward weiß selber nicht, woran er denkt. Meistens jedenfalls nicht, also was soll das, dass Alex so tut, als könne er es erraten? Gefühle sind das, keine Gedanken. Zum Beispiel jetzt, hinter seinem Herzen, die Erinnerung daran, wie dieses Mädchen ihn berührt hat, Alison, das Gefühl ihrer Finger an seinem Arm, als sie neben ihm stand, das ganze in ihm eingeklemmte Zeug, als Alex wegen der Party gefragt und diesen dummen Song gesummt hat … Kein Gedanke an Mädchen und Sex. Alle reden sie darüber, in der Schule, die Jungs, das kann es also nicht sein, nein. Dies ist eher wie … außer Atem geraten. Als wenn's dich mitten im Tunnel reißt und du die Kontrolle verlierst, es aber wieder aufs Brett schaffst, gerade noch so; als wenn du beinahe total die Kontrolle verlierst, und dabei hat die Welle so gut begonnen.

A--li-son.

«Hör auf damit», sagt Ward zu Alex, aber Alex summt weiter.

A--li-son.
You-know-
this-pain-
is-ki-lling-meeee …

«Das ist langweilig, weißt du?» Ward lenkt sein Brett von Alex weg.

Woher weiß eigentlich überhaupt irgendwer, wie man sich verhalten soll? Mädchen. Alles, was damit zu tun hat. Er taucht einen Finger ins Wasser. In ihren Badeanzügen. Vorne vor dem Haus seiner Eltern, ein ganzer Pulk. Wie sie so ums Haus herum geschlängelt kommen, wenn sein Dad draußen auf der Veranda sitzt, weit zurückgelehnt, wie's seine Art ist, in seinem kaputten alten Korbstuhl, und meist allein, seine Bücher, die ausgestreckten Beine … Und –
«Was lesen Sie, Mr. McFarlane?»
«Ja, was liest DU denn, Herzblatt?»

Niemand hat die geringste Ahnung. Wie es ist. So einen Vater zu haben, allein draußen auf der Veranda, während deine Mutter unterwegs ist, ohne ihn, und schon kommen die Mädchen vorbei … Stehen in ihren knappen Badeanzügen vor seinem Dad herum, zeichnen mit den Zehen irgendwas auf das weiche alte Holz der Veranda, versuchen schüchtern zu tun. Oh, Alex …
A--li-son.
Du hast keine Ahnung. Wie sie mit seinem Vater reden – was sie in der Schule machen, was sie lesen –, und sein Vater sagt, «Ja, wirklich, Kleines? Ist das so?», und er hört ihnen zu, als interessiere er sich für jedes winzige Detail, das sie zu sagen haben.

Niemand hat die geringste Ahnung, letzten Endes. Wie es ist, dieses komische Verhalten von seinen Eltern aus nächster Nähe zu erleben. Wenn sein Vater da sitzt, in seinen alten Shorts, und mehr hat er nicht an …

Und Ward kann sich schon vorstellen, o ja, was sein Vater sagen würde.
«Na, wen haben wir denn da?» Wie er seine Brille ans Ende der Nase runterschieben und über den Rand schauen würde.
«Alison, hmmm?»
Und das Buch weglegen. «Das ist ein sehr hübscher Name.»

Es ist nicht fair. So viel zu haben, und sein Vater hat schon so viel und will sich immer noch mehr nehmen. Als wär's nicht genug, die Fensterläden geschlossen zu haben, und Wards Mutter bei sich … Immer noch mehr. Die Sonne knallt und brennt. Schon scheint es eine Million Jahre her zu sein, dass Ward zwischen den kühlen Bäumen stand. Er spürt das Brett unter seinem Bauch, seiner Brust, schaut über die Arme hinweg aufs Meer hinaus. Und es ist wirklich nicht fair. Alex mag glauben, sein Vater sei wer weiß wie cool, aber er hat ihn auch nicht zum Vater.

Ward legt den Kopf auf die Arme. Die Sonne. Heiß. Das Wasser rings um sein Brett. Klatsch-klatsch-klatsch.

Sie haben alle keine Ahnung.

Klatsch-klatsch, macht das Wasser sanft.

Und für mich hört es sich, im Augenblick, so an, als ob es ihn halte. Ihn berge. Dieses Geräusch; das Meer. Die weiße Krause auf einer Welle, wenn sie sich bricht, jener Riss, der später am Nachmittag durchs Wasser gehen wird, doch einstweilen … Das Meer … Wo das Meer herkommt, wo es hingeht … Ward schließt die Augen … Und so gibt sich das Meer … Am frühen Morgen … So ist es …

Am frühen Morgen

Fängt es damit an, dass es immer und immer wieder dies sagt:
Ich bin. Ich verändere mich nicht.
Und rückt weiter vor, bis auf den Sand.

Es ist früh am Morgen, derselbe Tag, von dem wir hier reden, aber so früh, dass der Junge noch nicht bei seinem Vater am Tisch steht, die Wörter sind noch nicht gesagt, und das Licht ist noch kaum übers Wasser gekommen, regt sich aber jetzt, dieser langsame, zum Verrücktwerden langsame Streif Morgendämmerung, der sich über den Rand des Horizonts schiebt und das Meer rumoren, anschwellen, der Sonne entgegen wachsen lässt.

Ich bin.

Die Bretter stecken wie Finnen in einer Reihe im Sand, blassgelb und rot und leuchtend pinkfarben und grün, neue Bretter zumeist, aber nach den paar wenigen Saisons schon lädiert, Wards von den Felsen jenseits der Landzunge an den Rändern schrundig, Alex' überall dort, wo es das Wachs beim letzten Mal nicht gleichmäßig angenommen hat, vom Geröll zerschrammt ... Und ob es nun neue Bretter sind, alte ... Sie sind alle gleich. Das von Wards Vater, irgendwo im Bootsschuppen, letztlich auch nicht völlig anders als die der Jungs und Mädchen hier, kein bisschen anders, würde das Meer sagen.

Das Meer.
Ich verändere mich nicht.
Schläft nie, lässt sich, tief im Innersten, nie voll und ganz zur Ruhe bringen.

Nur ich.

Die Möwen kreisen, am frühen Morgen, und die Wellen kräuseln sich, kleine Schaumkrümel bildend. Muscheln liegen aufgefädelt entlang der Wassergrenze verteilt, wie Zierrat, die Formen und Farben, die hauchzarten und zerbrochenen Stücke in der weichen Feuchtigkeit des Sands eingebettet.

Und da ist die Mutter des Jungen, steht auf einmal am Ufer hinter ihm.
«Es ist früh», sagt sie. «Warum bist du hier, du bist doch noch jung, du solltest schlafen ...»
Und vielleicht tritt sie dicht an ihn heran, berührt ihn mit der Hand. An jenem Teil der Schulter, jenem Teil eines Jungen, wo, auch wenn du schon fünfzehn bist, die Knochen noch herausragen wie Flügelknospen.

«Du solltest schlafen …»
Und kannst du es spüren; wissen, wie das ist, wenn du ein Junge bist und deine Mutter kommt so zu dir, berührt dich mit der Hand, im Nacken jetzt, und du schließt die Augen …

Nur ich.

Früh am Morgen, und das Wasser sanft. Die Bretter können warten. Das Meer bröselt, bröselt an den Rändern. Von den eigenen Strömungen unterspült, das Meer, hellblau und rosa auf der Haut, die Farben der Dämmerung.

«Komm wieder rein», sagt die Frau, die Mutter, die Ehefrau. «Es ist noch zu früh …», und der Junge macht kehrt, um ihr zu folgen, während die Meereswellen ziehen, noch ein Stück vom Tag, Sekunden, Minuten, noch eine Welle, noch eine …

«Komm», sagt die Frau, sagt die Mutter, während das Meer sagt, *Komm mit mir.* «Komm mit mir», und er geht, der Junge geht.

I

Als sie zurückkommen, Ward und Alex, ist der Strand leer. Die anderen sind weg, Mittag, High Noon in einem Film, die Sonne direkt über ihren Köpfen und kein Schatten, nirgendwo sind hier Schatten.

Sie gehen geradewegs ans Ufer, stecken ihre Bretter in den Sand, setzen sich nicht mal hin, denn wahrscheinlich sind sie schon spät dran, für das, was da läuft, bei Beth, und Alex möchte gleich weiter, aber Ward braucht noch ein paar Minuten. Mehr als ein paar Minuten, viel mehr, er braucht hier einfach noch ein bisschen Zeit. Ihm ist, als hätte etwas begonnen, all dieses Nachdenken über seinen Vater, wie sein Vater ist, als sei das eine Geschichte, aber seinen Vater gibt es wirklich, versteht ihr, alles das gibt es wirklich.

Also sagt er «Bis dann» zu Alex.

Alex schaut ihn an, und sein Blick besagt, was ist denn bloß los, aber das ändert nichts. Ward bleibt hier, er geht noch nicht gleich.
Dann sagt Alex, «Du.»

Er knufft Ward leicht in die Schulter, dreht sich um und läuft los, am Strand entlang. Ward schaut ihm hinterher. Dann ist er wieder für sich.

Das wollte er, klar, aber plötzlich sieht der Strand einsamer aus als vorher. Die ganze Sache mit seinem Vater hat ihn ausgelaugt, irgendwie, dabei sollte er inzwischen daran gewöhnt sein, finde ich, über seinen Vater nachzudenken, ihn zu beobachten. Das hat ja alles schon vor langer Zeit begonnen.
«So geht das, siehst du? Schau mir zu.»
Wie eine erste Erinnerung, Ward vielleicht zwei Jahre alt, und sein Dad nimmt ihn mit aufs Wasser und setzt ihn da draußen zu sich aufs Brett.
«So wird's gemacht.»
Damit hat es angefangen.
«Besser. Jetzt halt dich an mir fest.»
Die Belehrungen, Instruktionen.
«Schaust du auch zu?»
Wieder und wieder.
«Schaust du mir auch zu?»
Entschlossen, sein Vater, willensstark, dem Wasser gegenüber.
«Ich will sehen, wie du's kannst», sagte er immer.
«Mach's mir nach, Wardy.»
«Du musst das lernen, damit du genauso bist wie ich.»

Ja, ganz klar, da fängt es an, und Wards Dad ist so, weil er selber mal ein Junge war, den der eigene Vater an die Kandare nahm. Oben im Norden, an den langen, wilden, ostwärts weisenden Stränden, und es ist ganz anders dort, weil du da, zum Beispiel, fast das ganze Jahr über einen Trockenanzug trägst, hat sein Dad ihm erzählt, und dann die Wellen mit ihrer … Eiszeitlichen Ruhe. Als ob sie da draußen in der Kälte auf dich warteten und warteten, und erst wenn sie so weit sind – nicht wenn du glaubst, jetzt kämen sie, sie sind nicht berechenbar, sie warten einfach –, reißen sie auf, ungestüm, ein klaffender Riss, und rasen direkt auf den Strand zu. Und die Höhe. Dieser Wellen. Die Temperatur. Im Winter können sie große Stücke Eis mit sich tragen, weit genug draußen, und nachts, in jener kleinen Hütte am Strand, wo Wards Dad mit seinem Vater schlief … Hörte er manchmal die Eisblöcke krachen, wenn die Wellen sich brachen. Wenn sie sich brachen und am Ufer in eine Million kleiner Stücke zersprangen.

Okay.

Das wäre schon mal das. Zum Beispiel.

Die Millionen kleiner Stücke.

Einen Teil von Wards Geschichte haben wir da schon mal, den ersten Teil, aber sein Vater blieb nicht lange oben im Norden, bei seinem Dad; er kam in den Süden, verließ den alten Mann, als er selber noch ganz jung war, versteht ihr, fuhr bei irgendwem mit, nehme ich an, per Anhalter vielleicht, und dann begegnete er Caroline.

C –

Ward beginnt, ihren Namen in den Sand zu schreiben …

Denn auch sie ist eigentlich ein Anfang, seine Mutter.
Er schreibt das -a, das -r, ein komisch geformtes -o …
-l -i -n -e …
Alles ihretwegen, weil sein Dad ihr eines Sommers hier begegnet ist, beide ganz jung, aber dennoch fing da zwischen ihnen etwas an, eine andere Art Geschichte, und Wasser kam auch darin vor, natürlich, denn keiner von denen hier wusste, was sie da hatten, sagte Wards Dad immer, na gut, sie wussten es schon, aber sie nutzten die Wellen nicht so wie er, bis er kam und ihnen zeigte wie.
Und er war fünfzehn.
C-a-r-o-l-i-n-e.
Erscheint da dieser gutaussehende Junge auf der Bildfläche, aufrecht ganz vorn auf seinem Brett balancierend, und kommt direkt auf sie zu. Natürlich kannst du dir denken, wie das gewirkt haben muss. Wie er ausgesehen haben muss, während Wards Mutter am Strand stand und ihn beobachtete, wie er an Land kam, zu ihr, gewissermaßen, die Arme leicht vom Körper abgespreizt, ein bisschen wie ein Engel.

C-a-r-o-l-i-n-e
Ich sehe es jedenfalls genau vor mir.

Und er wusste es, sagt Wards Vater, vom ersten Moment an. Wie das Wasser gehörte sie hierher, ihre Familie, die immer an denselben Ort kam, an diese Küste, doch in der Minute, als er sie sah, am selben Tag, als sie ihn hereinkommen sah, auch wenn das Licht auf den Wellen ringsum sich so hell spiegelte, dass er nicht einmal ihr Gesicht sehen konnte, trotzdem … Wusste er es. Wie Ward es gewusst hätte, sagte sein Vater ihm immer, wenn er seiner Mutter so begegnet wäre, dass sie ein Teil von allem hier war, den Sandhügeln und flachen Gräsern, den kleinen Meeresarmen und Wellen und Buchten … Sie gehörte hierher.

Also. Klar.

Ward schaut auf die Buchstaben, die er geschrieben hat.

Seine Mutter der Anfang von allem, was jetzt ist. Gut, auch Carolines Vater war oft rausgegangen, eine ganze Gruppe waren sie damals, lauter ältere Jungs, die regelmäßig auf ihren Holzbrettern anzutreffen waren, aber erst als Wards Mutter sich in seinen Dad verliebt hatte, fingen alle an, über Surfen zu reden, es selber ausprobieren zu wollen. Weil er es ihnen vorgemacht, sie erst darauf gebracht hatte, wisst ihr. Das Wasser ernstzunehmen, und dass es um mehr ging, als da draußen auf dem Brett zu stehen, entscheidend war die innere Haltung.

Kein Wunder, dass Wards Dad noch heute ewig und immer wieder vom Wasser redet. Denn das war's, womit er sich von Anfang an unter den Familien, die seit Generationen hierher kommen, seinen Platz zu erobern versucht hat. Rückblickend glaube ich, das lag allem zugrunde, dem Unterricht, der Technik; seine Überzeugung, dass Surfen damit zu tun habe, was du von dir selber hältst; wer du bist. Das hat er Ward von Anfang an beigebracht. Sobald Ward stehen und, in der Taille umfasst, auf dem großen Brett seines Vaters in der Balance gehalten werden konnte, um sich daran zu gewöhnen … Und –

«Schau mir zu, Wardy.»

Befehle dieser Art.

Wieder und wieder und wieder.

«Mach's mir nach.»

Nochmal.

«Mach's genauso wie ich.»

«Ich möchte so stolz auf dich sein.»

Und was heute Morgen ablief, ist immer noch das Gleiche, jetzt wie damals. Stark genug sein. Groß genug. So ist sein Vater. Wie er heute früh anfing, vom Wasser zu reden, von irgendeiner Welle, die kommen und ob er wohl mit ihr fertig werden würde … Ward schaut aufs Wasser, und es ist ruhig, und vielleicht schwer vorstellbar, dass später noch etwas daraus werden könnte, aber vielleicht … Hat es immer noch mit der Vergangenheit zu tun, mit der Kälte dort, wo Wards Vater herkommt, und dass es an den hiesigen Stränden diese Strömungen gibt, warme Strömungen, und Wasser, so klar, dass es manchmal wie Türkis ist, wie … Heilwasser, nur ist dies kein Heilbad.

«Startklar?»

Denn mit der Wärme kommt manchmal, für Wards Vater, die erinnerte Kälte.

Das war's auch, was heute Morgen ablief, ganz sicher. Der große Norder, der ihn dermaßen in Erregung versetzt hat. Wie an manchen Tagen, und heute ist so ein Tag, die gewohnte Strömung einen Kältesaum mitführt – darüber wusste er schon immer Bescheid, erinnert ihr euch? Ein Grund, warum es ihm hier immer so gefallen hat, diese merkwürdigen, seltenen Tage, an denen die Strömung warm ist, aber der Norden mit seinem neuen Wasser sich darunter mischt, mit der Kälte von dort oben, wo er her kommt.

Die meisten verstehen nicht, wovon Robert McFarlane redet, wenn er so loslegt. Aber Ward schon. Obwohl er selber bisher zu jung dafür war, hat er seinen Vater vielleicht ein halbes Dutzend Mal bei solchen Wellen rausgehen sehen, im Frühling meistens, ganz allein, in diesen Frühlingswellen, und er war mittendrin und hat Ward hinterher von den großen, wirbelnden Brechern erzählt. Die zuerst dunkel waren wie im Bauch des Ozeans, aber dann, wenn man drinnen stand, wenn man sie ritt, ganz hell, und wie schwer es war, drinzubleiben, sie zu deuten, immer … Wärme und Kälte. Kälte und Wärme. Große Tage. Für Wards Dad die besten. Und heute waren sie wieder zu erwarten, hat er gesagt. «Ein Norder». Und wie lange her seit dem letztenmal? Ein Jahr? Zwei? Seit Ward seinen Vater zuletzt da draußen auf dem Wasser gesehen hat?

Irgendetwas ist da los.

Ward zieht seinen Finger aus dem Sand, wo er die ganze Zeit gegraben hat.

C-a-r-o-l-i-n-e.

Sein Vater, seine Mutter, was heute Morgen ablief, zwischen den beiden … Ward hätte den Tisch umschmeißen können. Was soll das heißen, «Pass auf dich auf, Kleiner», eher ja wohl, nein. Pass du lieber auf *dich* auf, Alter. Auf dich. Du gehst doch nicht mal mehr ins Wasser, und wie kommt einer überhaupt dazu, sich so aufzuführen wie sein Vater? Mit seiner Mutter jetzt schon direkt unter seinen Augen rumzumachen, wie die Teenager, er kann die Hände nicht von ihr lassen. Baby, Baby. Und das Getue mit den Mädchen, und wie er gar nicht mehr wirklich mit Ward redet, heute Morgen erst so anfängt, als seien sie Kumpel, aber dann wird eine Riesenlüge daraus, sobald seine Mutter den Raum betritt.

Fünfzehn, klar.

Irgendetwas ist damit, fünfzehn.

Wie sein Vater mal war.

Und Ward könnte seine Mutter fragen. Was ist los? Mit seinem Dad, und auch sonst? Aber er wird es nicht tun.

Mit fünfzehn macht man das nicht mehr.

Da war sein Vater, schließlich, schon irgendwie ein Mann.

II

Wards Gesicht brennt, in der Hitze dieses Sonnenbrandherds über ihm. Früher ist er mit allem zu seiner Mutter gegangen, hat sie alles gefragt, ihr alles erzählt. Also einfach zu ihr gehen und sie fragen, was das ist mit seinem Dad, was da los ist ... Aber will er das denn, sie fragen? So? Wo du dich doch nur verbrennst. Heute Morgen, vergiss das nicht, hat sie bloß daneben gestanden und zugelassen, dass sein Vater sich so benahm.

Ward schaut aufs Wasser hinaus. «Lass ihn in Ruhe, Robbie», hat sie bloß gesagt. «Was machst du denn mit ihm?» Sie saßen beide weiter so da, ihre Füße ein Durcheinander unter dem Tisch, und wie sie sich anschauten ... Und bloß weil seine Mutter den Arm ausstreckte und seine Hand nahm, ihre kühle Hand die seine hielt, während die Augen seines Vaters auf ihm ruhten, jene blauen, blauen Augen ... Hieß das nicht, dass sie ihn beschützen konnte. Warum also zu ihr gehen wollen, bei ihr sein wollen wie heute früh, als sie zu ihm an den Strand kam? Mag sein, dass sie «ist schon gut» gesagt hat, als sein Vater aus dem Zimmer gegangen war, mag sein, dass ihre Lippen seinen Handrücken geküsst haben, als sein Vater weg war und es nicht mitbekam, na und ... Sie könnte ebensogut das Wasser sein. Und schau dir dieses Wasser doch an ... Von dort kann er keine Erklärung erwarten.

Komm ...

Bloß Neckereien, zärtliches Gemurmel, und ein Anschleichen auf dem Sand.

Komm ...

Als wenn er sich ganz und gar in diesem Geräusch verlieren könnte, dem Gemurmel des Meeres, sein Brett mit hinaus nehmen und bleiben. Nicht zurückkommen dahin, wo er sich mit seinem Vater abgeben, die anderen sehen muss. Nicht mal Alex hält er jetzt aus, und erst recht nicht diese Party, die Mädchen, einfach gar nichts möchte er, niemanden, sich nur im Meer verlieren ...

Und es ist, als spüre das Meer es auch. Es streckt sich unter der brennenden Sonne aus, und glitzert, blauer Spiegel, Silbermünzen auf die Hand gezählt, kleine Wellen, beinahe unbewegt. Wie der Junge, den es einlädt, *komm mit*, während die großen Wellen sich schon in ihm sammeln. Tut, als sei es die Sanftmut in Person, und dabei wartet es, will nur eins ...

Die Sonne durchschimmert die Luft wie ein Netz, in dem er gefangen ist, Ward schließt die Augen.

Bei dieser Windstille, dem blauen Himmel, ist das Meer wie ein von weit oben gesehenes Meer, aus dem Fenster eines Flugzeugs, so hoch, dass der Blick Kilometer und Kilometer tief geht, bis auf die Wasseroberfläche hinunter, die mit einer geriffelten Haut überzogen scheint, so dünn, dass sie reißen würde, wenn einer nur mit dem Finger darüber striche …

«He!»

Er schlägt die Augen auf.

«Was machst du hier?»

Es ist Alex. Steht direkt über Ward, so dass sein Schatten auf ihn fällt, dort, wo er sitzt.
«Warum bist du noch hier?», sagt er.

Ward blinzelt zu ihm hoch, das Licht fühlt sich plötzlich viel zu hell an, als habe er geschlafen oder geträumt.
«Wie lange –», setzt er an.
«Zu lange.» Alex packt seine Hand, zieht ihn hoch. «Komm jetzt!»

Er hat sich schick gemacht, Ward sieht es gleich. Lange Hosen, und ein Hemd, kein T-Shirt, sondern ein feines, ein paar Knöpfe offen.
«Ich –»
Alex ist schon losgegangen. «Jetzt wird nicht mehr gedacht!», sagt er. «Wir kommen zu spät, sie haben schon mittags angefangen, und wir sind immer noch hier, du bist noch hier. Ich fass' es nicht …»
Er rennt jetzt beinahe, und Ward hinterher.
«Aber ich muss erst nach Hause», sagt er. «Was anziehen …»
«Dafür ist keine Zeit mehr …» Dann bleibt Alex stehen. «Peinlich für dich, ich weiß. Wo ich doch so klasse aussehe …» Er macht eine kleine Verbeugung.

Da vorne ist Beths Haus, das letzte in der Reihe, und es wirkt ganz ruhig, aber sie sind alle drinnen, all die anderen, und es ist deutlich zu sehen, Alex … will jetzt da hin. Er fängt wieder halb an zu rennen, doch dann sagt Ward zu ihm: «Geh schon mal vor, ich brauch noch eine Minute …», und er bleibt zum zweiten Mal stehen.
«Was hast du da gerade gesagt?» Alex dreht sich zu ihm um. «Hab ich richtig gehört? Eine ‹Minute› brauchst du? *Noch* eine Minute, verdammt? Mensch, Ward. Du sitzt hier jetzt schon, ich weiß nicht wie lange rum. Wir kommen zu spät, kapiert? Die haben vor einer Ewigkeit angefangen …»
«Ich brauch nicht lange.»
«Ja, klar …»

Alex ist wütend, das sieht Ward, er kneift die Augen zusammen und schaut ihn nicht an. «Es ist immer dasselbe mit deiner ‹Minute›, Ward», sagt er. «Immer dasselbe, du … hängst bloß rum. Machst nie mit …»
«He», Ward geht auf ihn zu. «He …»
Alex schüttelt immer noch den Kopf. «Ich weiß nicht …», doch dann berührt Ward ihn, nur an der Schulter, und da schaut Alex ihn an. Für eine Sekunde, diese eine Sekunde, blicken die beiden Jungen einander in die Augen, am Strand, an diesem Tag, in diesem bestimmten Licht, der eine in Shorts, der andere mit einem feinen Hemd und langen Hosen … Zwei Jungen … Dann –

«Geh», sagt Ward.

Und das tut Alex. Er geht.

Zum zweiten Mal an diesem Tag sieht Ward ihn den Strand hinunter laufen, diesmal ungefähr bis zur Biegung, dann dreht er sich mit Schwung nach links, die Böschung hoch, läuft durchs Gras. Er überquert den Rasen vor Beths Haus, springt auf die Veranda und verschwindet im Haus.

Und plötzlich … Leere. Irgendwie. Nur da, wo Alex gewesen ist, am Strand, ein einsamer Pfad im Sand … Ward stößt einen Seufzer aus. Einen tiefen, theatralischen Seufzer. Fühlt sich … Ja, wie? Als tue sich ein breiter Graben in ihm auf? Was ist überhaupt mit ihm los, dass er sich bei der geringsten noch so normalen kleinen Sache, einer Party, verdammt, gleich derart fern von den anderen fühlen muss? Jetzt sogar auch schon fern von Alex? Er schaut zu Beths Haus hinüber, und es kommt ihm wie ein Ort vor, wo er niemals hingehen kann. Dabei war er schon eine Million Mal dort, in diesem völlig normalen Haus, und er hat's versprochen, kapiert, versprochen …

Es ist so heiß inzwischen, der Sand verbrennt ihm bestimmt die Füße. Er muss nochmal ins Wasser gehen. Bevor er weiter nachdenken kann, egal worüber, bloß eine Weile schwimmen, bloß atmen.
Ein Stoß, zwei Stöße …

Der Sand brennt immer noch. Er geht runter ans Wasser, watet, hechtet hinein …

Und gut.
Luft zu holen, mit dem Kopf unterzutauchen, wieder die Augen im Ozean weit geöffnet zu halten.
Gut.
Und wieder Luft zu holen.
Wieder gut.
Runter.

Das Wasser schilfert von ihm ab, als er loslegt, ein langsames Kraulen, soll das Meer ihn tragen. Kopf runter. Ausatmen, Arm vor … Ruhig. Fließen, vorangleiten, Kopf schräglegen und seitlich einatmen, ein bisschen Luft, ein bisschen Blau, dann wieder untertauchen … Untertauchen …

Und weiter.

Tiefer.

Nach einer Weile hält er inne, Wassertreten. Schaut, wie weit draußen er ist. Ganz schön weit. Beths Haus kann er schon nicht mehr sehen, die Strömung hat ihn um die Landzunge herum getrieben, jetzt liegt die Klippe am nächsten, so weit draußen also, eine Viertelmeile vielleicht. Er neigt den Kopf nach hinten und schiebt sich mit beiden Händen die Haare glatt aus dem Gesicht … Das tut gut. Hier draußen ist er wie ein alter Mann, so vertraut ist ihm alles, als sei er ein Stück Treibholz und sein Haar ein Büschel Seegras. Er taucht wieder unter. Mit offenen Augen. Und das Salz, das Blau. Nur das, ein alter Mann, im Körper eines Jungen vielleicht, und doch ist es, als habe dieses Wasser immer ihm gehört, als sei er schon immer in diesem Wasser gewesen.

Ward taucht wieder auf, Kopf hoch, Luft holen. Er dreht sich auf den Rücken und lässt sich treiben, ruht sich aus. So ist es gewesen, seit er denken kann. Weit draußen im Ozean sein, diese Stille, und meist mit seinem Brett … Er war … Drei? Vier? Als sein Vater anfing, ihn über große Wellen hinweg ins Tiefe zu schieben? Mit fünf jedenfalls, da hat ihn sein Vater so weit rausgezogen, das weiß er noch, sein kleines Stück Styropor am großen Fiberglas seines Vaters festgebunden … Sie waren zusammen da draußen, und gut, vielleicht waren die Wellen nicht hoch, aber hoch genug für einen Fünfjährigen … Hoch genug. Danach auf dem Bauch am Strand liegen, wie Sonntagnachmittags im Park, aber so war's ja nicht, vielmehr Tag für Tag, all die Sommer, mit sieben, mit acht, er und sein Dad zusammen, und irgendwann brauchte er nicht mehr rausgezogen zu werden, er konnte es selbst; sein Dad war bei ihm, aber er paddelte selber raus, schob sein eigenes Gewicht durchs Wasser, vor allem an das erschöpfte Paddeln am Ende des Tages erinnert sich Ward, wenn er an diese frühen Sommer denkt …

«Mach mich stolz, Wardy.»
«Zeig mir, was du kannst.»

Und dann kommt Alex ins Bild, und mit ihm zusammen geht er jetzt raus, und auch mit den anderen, und immer seltener mit seinem Vater, aber wer hat das eigentlich so beschlossen? Wessen Entscheidung, dass der Vater und der Sohn aufhören könnten, ein Team zu sein? Als Ward zehn war? Elf? Und sein Vater ihm sein eigenes richtiges Brett schenkte, dieses Ding, das für jeden, der hinschaute, grotesk ausgesehen haben muss, als wär's für ein Kind viel zu lang, aber dann hätte es jemand genommen und eingeschrumpft, und darauf kam er nun herein …

«Jedenfalls war er da stolz auf mich.»

Die Wörter schnellen heraus. In die Stille hinein, die Weite des Ozeans um ihn her.
«Stimmt doch.»
Wie er auf dem alten, abgesägten Brett hereinkam …
Und Ward nach ihm rief, während sein Vater neben ihm herritt, «Guckst du mir zu, Dad? Guckst du mir auch zu?»

Mann.
Es ist lebendig.
Surf mit deinem Körper. Das war's doch, was sein Vater immer zu ihm gesagt hat. «Entweder verstehst du deinen Körper oder nicht. Du vertraust ihm, du weißt, was er tun wird, oder nicht.»
Aber jetzt ist da diese Stille um Wards Wörter herum, und er ist ohne sein Brett hier draußen im Meer, und sein Vater … Sein Vater ist nicht mal in der Nähe.

Er sollte jetzt besser umkehren.

Denn er muss zu dieser Party, das steht fest.

Wenn du mich lässt, sagt das Meer, *zeige ich dir das Größte, was du je erlebt hast.*

Ja, ja. Ward weiß, sein Vater hat es ihm schon erzählt. Er kommt ja, Meer, später. Wird noch früh genug da draußen sein …

Er holt tief Luft, taucht mit dem Kopf unter. Schwimmt zurück an Land.

III

Er kommt wieder an den Strand zurück, und die Sonne ist wie eine Blende. Ward blinzelt hinein, und da ist er wieder, dieser Lichteffekt, Schatten, die zu einer Art Radierung zu oxidieren scheinen. Wie spät ist es inzwischen? Bestimmt schon drei, locker, und …

Die Party.

Lässt sich jetzt wohl nicht mehr umgehen. Ward trocknet sich die Arme ab, die Brust. Und da fällt mir dieses Gespräch wieder ein, von vor ein paar Tagen … Während er sich abtrocknet …

«Jenny und ich, also, wir sind …»

Ein Gespräch mit Alex.

«Nicht, Mann.»

Vor ein paar Tagen war das.

«Es interessiert mich nicht», hatte Ward zu Alex gesagt, aber Alex konnte nicht davon lassen. «Wir sind zusammen», hatte er zu Ward gesagt. «Jenny und ich. Ich möchte, dass du das weißt.»

Also … Das auch. Ein weiterer Aspekt dieses Nachmittags, warum Alex so drauf rumgeritten ist, auf diesem ganzen Party-Thema, so gedrängelt hat, vorhin, als sie auf dem Wasser waren. Und seine Aufmachung, das feine Hemd … Und es stimmt, was Ward zu Alex gesagt hat, er will nichts davon wissen. Schlimm genug, dass es das war, was hinter all dem Gerede steckte, als sie draußen waren, von wegen «Sie mag dich», wahrscheinlich, all das …

«Es ist toll, besser als du glaubst –»

«Ich will's nicht hören.»

Schlimm genug.

«Aber ich möchte es dir erzählen. Es ist besser, als alle sagen –»

Ward hatte sich abgewandt, doch Alex hatte immer weiter geredet, über sich und Jenny …

«Wirklich, viel besser.»

«Halt den Mund!» Denn im Ernst. Möchte er darüber nachdenken? Es sich vorstellen? Allein schon die dunklen Nächte zu dieser Zeit des Jahres, so sanft, und dann Alex und Jenny, wie sie zu dieser bestimmten Stelle in den Dünen gehen …

«Halt den Mund, Mann!» hatte er noch einmal gesagt. Aber zu spät, denn da war schon alles in ihm drin. Die Wörter. Die Geschichte. Was da ist, zwischen den beiden; alles in seinem Kopf eingeklemmt … Und er möchte wirklich, wirklich nicht zu dieser Party gehen … Wo Ward und

Alex nicht, wie sonst, zusammenhocken werden, weißt du, bloß zusammen sein und wieder gehen … Nein. Jetzt müssen sie reden, reden, reden, und eine Show abziehen, und ein paar werden ein Feuer anzünden, es unten am Strand miteinander treiben … Ein Bier, zwei. Jemand hat ein bisschen Gras dabei, toll … All das ist …

Ward hält sich die Hände an die Ohren, wie er früher vielleicht eine Muschel daran gehalten hat.

… zu viel.

Wo er doch, glaube ich, einfach möchte, dass alles so ist, wie es immer war. Als er klein war. Da hat er sich oft eine Muschel ans Ohr gehalten, als er klein war. Um alles andere auszusperren, die Welt, andere Menschen.

Schsch.

Das Geräusch in der Muschel dem Geräusch des Meeres gleich, wenn du dir eine Muschel ans Ohr hältst. Nur dieses Geräusch hören, Alex nicht, auch sonst niemanden. Nur schsch, dieses Geräusch, das Geräusch des Meeres

Hört ihr's jetzt?

Das Meer wie eine Art Stille für Ward? Die ihm hilft, jene anderen Gedanken, die verworrenen Gedanken, abzuschütteln, und auch die Wörter …

Schsch.
Lass ihn an gar nichts denken, vielleicht, oder an andere, einfachere Dinge …

An das letzte Mal draußen, vielleicht. Ja, daran sollte er denken. War das vorige Woche? Oder noch länger her? Muss Ward jetzt wohl vorkommen, als sei es vor einer Ewigkeit gewesen. Aber wie schön war das, und vielleicht erinnert ihn das Schsch, Schsch, das er hier jetzt hört, an das Rauschen damals, das immer lauter wurde. War das nicht schön, ein schöner Tag? Klar zuerst, bis dann das Wasser, tief drinnen, kobaltblau wurde, er war ganz allein, und es war gut …

Schsch, schsch …
Weißt du noch?

Es schien, als sei der Tunnel mit einem Glanz überzogen, nur von einer Wellenkrause gesäumt, durch die seine Brettspitze hervorschaute, und überhaupt, alles schien so schön, nicht bloß das tiefe Wasser dort, wo er sich befand, auch alles darunter, der sandige Grund, kleine Felsstückchen und Baumrinde, vom Salz in etwas Anderes verwandelt, Muschelschale vielleicht … Diese vielen kleinen Fragmente, die mit all diesem Wasser unter ihm ruhten, und er oben, und das Brett gut, die Schaumkrause dicht bei seiner Schulter, und der blaue Himmel am offenen Ende des Tunnels …

Weißt du noch?

O ja.
So war das, ein schöner Tag.
Ganz leicht, wie er da herein kam, und lange.
Aufrecht stehen, und in letzter Sekunde in die Hocke …
Runter und … Gut so. Balancieren …

Ward kann das immer noch, und er tut es auch. Wenn er seine Ruhe haben will. All den anderen Kram ausblenden. Besser als an Partys, und besser als an Alex, kann er sich an bestimmte Wellen erinnern, sie sich wieder und wieder im Kopf vorspielen, so wie andere Menschen singen, vielleicht, sich an Musik erinnern, ein Gedicht aufsagen oder ein Gebet sprechen. Er erinnert sich, wie es um ihn herum gespritzt hat, als er auf dem Brett war, und an die Art der Gischt. Die glatte Wasseroberfläche unter dem Brett, er weiß genau, wie sich das anfühlte, unter dem Vorderteil seines Bretts, unter dem Bug, spürt noch das Gewicht des Wassers unter den Kanten. Er kann sich auch das Glas des Tunnels ins Gedächtnis rufen, ob es hielt oder brach, kann auf die Sekunde genau sagen, wie lange er oben blieb, ob er bei dieser oder jener Welle dachte, dass er sie voll erwischen könne oder nicht, sie ganz auskosten oder nicht, oder ob er von Anfang an wusste, dass es nur ein kurzes Vergnügen wäre, bis die Welle ihn holen würde … Solche Sachen. Letzte Woche zum Beispiel … Da war's gut, glaube ich. Wurde alles Türkis, glaube ich, als er mittendrin war, erst dunkel, dann hell, ein Gefühl, als würde das Meer sich in Luft verwandeln, eine Art Auftrieb, der einen hebt und oben hält, und wann war das noch gleich? Freitag? Erst Freitag? Scheint viel länger her zu sein, wie immer, immer, wenn er nicht draußen ist, hat er das Gefühl, das wird er keinmal mehr erleben.

Weißt du noch? flüstert das Meer weiter. Während er, hier, die Hand ans Ohr hält.
Das Schsch, schsch?
Wie eine Muschel, und darin das ganze Meer. Was kann ihm, verglichen damit, schon irgendwer sagen, selbst Alex letztendlich? Was soll ihm irgendeine Party bringen, irgendein Gespräch, irgendeine Unterhaltung, wenn er da draußen war, und so tief …
Schsch, schsch
Die Erinnerung an das Meer, rastlos, vorne am Strand, auf dem Sprung …
Was überhaupt kann daneben bestehen?

Und trotzdem, schaut, was er macht. Aufstehen, sein Brett einbuddeln. Sich den Sand von den Beinen wischen und sein T-Shirt holen, in der Düne. Da oben, wo es liegt, hinter den Grasbüscheln, okay, und er wird's anziehen und sich auf den Weg zu Beths Haus machen, dem letzten am Strand, gar nicht weit …

Er steuert auf die Strandmitte zu, wo der Sand glatt und fest gedrückt ist, an der Stelle vorbei, wo er und die anderen vorhin gestanden haben, weil der Strand da breiter ist. In der Zwischenzeit sind ein paar Leute gekommen, Ward geht an ihnen vorbei. Mr. und Mrs. Neilson, die Taylors. Mit ihren kleinen Kindern und ein paar anderen, die er noch nie gesehen hat. Er geht weiter.

«Hi, Ward», ruft Cole Taylor, er ist mit dem kleinsten Bruder draußen, bringt ihm Schwimmen bei, wie's aussieht, mit Armflügeln und einem Minibrett.

«Hi.»

«Hi, Wardy!» Das war der Kleine. «Guck mal!»

«Ich seh ja schon.»

Und er geht weiter, steigt über das Handtuch von irgendwem, darauf eine gestreifte Tasche voller Krimskrams, ein Buch. Und sieht alle diese Dinge überdeutlich irgendwie, als wär's das letzte Mal oder so was Idiotisches … Dabei geht er bloß zu einer Party, einer Party, Herrgott, aber er könnte sich doch auch hinsetzen und anfangen, mit der Frau hier zu reden, die flach auf dem Rücken liegt, eine Zeitschrift über dem Gesicht, jetzt, gerade jetzt kommt er an ihr vorbei, sein Fuß ist praktisch neben ihrem Gesicht, er hat sie noch nie im Leben gesehen, oder mit dem Edmonds-Knaben neben ihr, die Edmonds-Kinder sind unten am Wasser und bauen eine Sandburg … Mit irgendwem. Er könnte sich mit jedem von ihnen hinsetzen und sich die Zeit vertreiben, Leuten, die er gar nicht kennt, alles leichter, als zu dieser Party zu gehen ... Aber trotzdem ... Er geht ... Weiter. Kommt. Näher. Und die Musik in Beths Haus, von hier aus kann er sie hören, irgendein alter Siebziger-Song, der da läuft, so was wie ... Ach, er kommt nicht drauf, was es sein könnte. Hört vor allem den Rhythmus des Songs, das ist es, den Rhythmus, nicht die Melodie, und das Mädchen ... Klar wird sie da sein, aber wahrscheinlich war das ja bloß ein Versehen vorhin, dass sie seinen Arm berührt hat, sicher war das einfach bloß ... Nichts. Was Alex da geredet hat, und dazu den blöden Costello gesummt ... Trotzdem, Ward zwingt sich, weiter zu gehen, über den alten Büffelgrasrasen, an dem Fahrrad von Beths kleinem Bruder vorbei, einem kleinen Kinder-Surfbrett, einem Haufen Taucherbrillen, Schwimmflossen und anderem Zeug ... und schließlich an dem kleinen Streifen Blumen, die vorm Haus wachsen. Springt auf die Veranda und drückt die Schwingtür auf.

Drinnen ist es dunkel. Wards Augen brauchen eine Sekunde, um sich daran zu gewöhnen, es kommt so plötzlich, erst die Helligkeit draußen und jetzt dies, er geht weiter, hinein ins Wohnzimmer, und dann ist es, als sehe er durch den Schleier der Dunkelheit nichts als Mädchen. Überall sitzen sie herum, in Badeanzügen und Bikinis, räkeln sich auf den Sofas und Sesseln von Beths Eltern, bei geschlossenen Vorhängen, die den Tag aussperren. Manche Mädchen rauchen, andere liegen, lässig zurückgelehnt, auf einem Sofa, die Beine über- und untereinander geschlagen wie im Halbschlaf, das Ganze wie irgend so ein Bild.

Ward steht einfach nur da. Es ist wie ein Bild, Mädchen, im Halbdunkel herumsitzend. Und die Jungs sind natürlich auch da, Ward kann sie jetzt sehen, wie sie an den Wänden stehen und sich ein bisschen unterhalten. Die Musik ist an, aber nicht sehr laut. Alle sehen erschöpft aus, als sei Ward hier in etwas hinein geraten, so eine Art von Gemälde ist es, eine Unterwasserszenerie. Jenny hat den Kopf an die Rückenlehne des Sofas gelegt, und ihre Augen sind geschlossen, als schlafe sie, doch dann ruft sie: «Hey, Ward», und ein paar von den anderen schauen herüber und sagen: «Hey.» «Hey.»

Es ist, als geschehe hier alles in Zeitlupe, Sekunde für Sekunde. Jetzt kommt Beth mit einem Glas zu Ward herüber und drückt es ihm kalt auf die Schulter.
«Ich habe Margaritas gemacht», sagt sie. «Hier.» Sie hält es ihm hin, das Glas, das mit einer Flüssigkeit von blasser Limonenfarbe angefüllt ist.
«Danke.»
Und langsam, scheint es, nimmt er es ihr ab.
Sie schaut zu, wie er probiert. Einen Schluck. Noch einen.
«Schmeckt's dir?»
«Ja.»
Da ist Salz am Glas. Ward nimmt noch einen Schluck.
«Ja?»
«Ja.»
Trotzdem sieht hier alles komisch aus. Die Jungs und Mädchen zum Beispiel, eben waren sie noch zusammen

draußen, sie kennen sich alle ziemlich gut, aber jetzt ... Liegen sie hier herum, und diese Stille ... Es ist, als wären sie völlig verändert. Obwohl Ward schon eine Million Mal in diesem Haus war, hier eingeladen, mit Beths Eltern genau in diesem Zimmer gesessen hat, ist doch alles anders, als sei er in ein Bild hinein geraten, ein Theaterstück oder einen Film, und jeder weiß, welche Rolle er spielt, bloß er nicht, niemand hat es ihm gesagt.

Sarah kommt zu ihm, gerade, als er noch einen Schluck aus seinem Glas trinkt, und sie lächelt, «Hey, Ward ...»
Sie hat sich die Haare mit ihrer Sonnenbrille aus dem Gesicht geschoben, und sie trägt den roten Badeanzug.
Sie sagt: «Schön, dass du da bist. Alex hat gesagt, du kommst noch.»
Und ... Okay. Es ist bloß Sarah. Denselben Badeanzug hatte sie vorhin schon an.
«Na ja», sagt Ward. «Ich war nochmal schwimmen, und ...»
«Hast dir Zeit gelassen», sagt sie.
«Ja, genau. Ich hab mir Zeit gelassen, und –»
«Macht ja nichts, Ward. Das sollte kein Vorwurf sein!»
Dann lacht sie, ein seltsames, klingelndes Lachen, und wieder ist da dieses komische Gefühl, als sei alles in Stille getaucht, und Sarahs Gesicht, dicht vor Wards Gesicht, ihr Lachen, anders als alles, was er bisher in ihr gesehen hat, es ist nur ein Moment, an diese eine Sekunde gebunden, dieses bestimmte seltsame Lachen, und dann ist die Sekunde

vorüber, und sie redet weiter, scheint unbekümmert, wie immer, als sei diese Party die normalste Sache der Welt, all die Jungs und Mädchen hier, der abgedunkelte Raum, alles ganz normal, wie sie hier rumliegen, überall auf den schönen Sofas und Sesseln der Levers ausgestreckt.

Ward trinkt den Rest aus seinem Glas, geht zu dem Tisch, auf dem die Flaschen stehen, Krüge mit dem gleichen hellgrün gefärbten Drink. Er schenkt sich nach, steht dort an dem Tisch, nimmt erst einen Schluck, dann noch einen. Beth hat sich zu ihm gesellt, und jetzt sieht er Jenny vom Sofa aufstehen, während ein Mädchen, das Ward nicht kennt, den Arm ausstreckt, um sie aufzuhalten, aber sie kommt trotzdem her. Sie schleicht sich von hinten an Beth heran und hält ihr die Hände vor die Augen.
«Blinde Kuh», sagt sie und nimmt die Hände weg. «Hallo, meine Süße», sagt sie. Sie küsst Beth auf die Seite des Gesichts. «Jetzt sind alle da.»
Sie legt Beth die Arme um die Taille, und Beths Hand liegt auf ihrer Hüfte. Sie schauen sich an und lächeln.
«Selber hallo, meine Süße», sagt Beth.
Dann wendet Jenny sich ihm zu: «Hi Ward. Hast du's doch noch geschafft.»

Er kann bloß nicken. Er steht direkt neben den beiden, vollkommen steif, irgendwie. Als werde er sich niemals wieder bewegen können. Beths Hand auf Jennys nackter Hüfte, Jennys auf Beths …

«Hast du Alex gesehen?», sagt Jenny zu ihm. «Wie er sich rausgeputzt hat?» Sie zeigt mit dem Finger in eine Ecke des Raums, wo Ward jetzt zum ersten Mal, seit er hier ist, Alex sieht, in seinem Erwachsenen-Hemd, nur dass es inzwischen ganz aufgeknöpft ist, von oben bis unten. Ward sieht, wie er den Kopf in den Nacken legt, um sein Glas Irgendwas zu leeren, dann schüttelt er den Kopf und formt mit den Lippen das Wort «wow!»

Jenny hält weiter den Finger auf ihn gerichtet. Vielleicht ist sie betrunken. Vielleicht sind sie alle betrunken. Es riecht auch nach Gras, vielleicht ist sie high.

«Ist das nicht toll?», sagt Beth. «Meine Eltern sind weg … Zwei … Volle … Tage … Lang …»

Ward nimmt noch ein paar Schlucke, trinkt sein Glas leer. Vielleicht sind alle hier betrunken. Alex mit seinen langen Hosen und dem aufgeknöpften Hemd, die Mädchen in den Badeanzügen … Er sieht, wie Jenny den Arm von Beths Taille nimmt, und alles scheint langsam zu gehen, langsam, als seien sie alle betrunken, vielleicht, und er sieht, wie Jenny zu Alex hinüber geht, ihm von hinten beide Arme um die Taille schlingt, und Alex dreht sich um, und sie beginnen, sich zu küssen.

Hm, na gut. Ward könnte ja jetzt die Augen schließen, damit er das nicht sehen muss. Denn ich glaube nicht, dass er es sehen will. Aber das wäre schon sehr merkwürdig. Die Vorstellung, dass er es nicht ertragen kann, seinen besten Freund so zu sehen, das mitzuerleben, meint ihr nicht? Wie sein bester, allerbester Freund, mit diesem Mädchen rummacht? Die Augen zu schließen wäre merkwürdig, das stimmt, aber es ist auch merkwürdig, ihnen zuzuschauen, oder? Wie bei seinen Eltern, wenn seine Eltern sich so aufführen, dann fühlt er sich genauso wie jetzt, er will nichts, aber auch gar nichts damit zu tun haben, wenn's wieder losgeht, dieses Theater, und es geht jetzt los, alle finden sich zu Paaren zusammen, zwei und zwei, zwei und zwei ...

Ward wendet sich ab, schnappt sich noch einen Drink vom Tisch. Sie schmecken tatsächlich ganz gut. Seine Mutter macht auch manchmal Margaritas.
«Sind sie nicht perfekt?», sagt Sarah. «Hat sie selber gemixt, weißt du, nicht fertig gekauft.»
«Sie-ich», sagt Beth und lacht.

Wieder so ein seltsames Lachen, aber ... Vielleicht ist es gar nicht so schlimm. Wisst ihr? Hier zu sein? Wie er heute Morgen dachte, als er aus seinem Versteck zwischen den Bäumen hervorkam ... Es sind immerhin seine Freunde. Gut, ein paar von ihnen haben sich wohl irgendwohin verzogen und tun's, mehr oder weniger, aber nicht alle, diese Mädchen sind hier, Sarah ist hier, Beth ist hier. Ward stößt mit ihnen an.
«Danke für die Einladung», sagt er.
«Ist doch toll», sagt Sarah.

«Ja.» Ward wartet eine Sekunde, dann sagt er: «Also, ich meine, also, hast du die gemacht?», zu Beth.
«Das hab ich doch eben gerade –», sagt sie, und sie lächelt. Dann schüttelt sie den Kopf. «Ich weiß nicht, Ward. Du bist so ... Komisch. Wir kriegen dich alle kaum zu Gesicht. Meistens kommst du ja nicht, wenn wir irgendwas machen, und wir machen eine ganze Menge, nichts Großartiges, aber so dies und das, hab ich Recht, Sarah?»
Sie nippt an ihrem Drink und taxiert Ward von oben bis unten. «Nicht mal hier», sagt sie, «nicht mal am Strand kriegen wir dich viel zu Gesicht, und du bist so still. Und dann dieses Brett, das du da hast. Findest du das normal, Ward?»
Irgendjemand lacht, Sarah.
«Nein, im Ernst. Ich meine das ganz ernst. Findest du es normal, dass du uns aus dem Weg gehst? Ja? Was sagt dein Dad dazu?»
«Ja, dein Dad», sagt Sarah. «Dein Dad ist so cool.»
«Findet er nicht, du solltest mal mehr unternehmen oder so?» Beth nippt wieder an ihrem Drink. «Ich finde deinen Dad toll. Du nicht auch?», sagt sie jetzt zu jemandem, der sich eben zu ihnen gesellt hat. «Wards Vater?», sagt sie. «Der muss doch früher, na ja, du weißt schon», sagt Beth. «Als er jung war.»

«Nicht nur früher. Auch heute noch», sagt Jenny, die inzwischen wieder zu ihnen herüber gekommen ist. «Finde ich.»

«Stimmt», sagt Beth zu ihr, und sie lachen beide.

«Ach Ward», sagt Jenny. «Armer Junge.» Sie nimmt noch einen Schluck und schaut Ward dabei über den Rand ihres Glases hinweg an, nur ihn.

«Aber weißt du», sagt sie dann. «Eigentlich sind wir doch alle cool, oder? Nicht nur Wards Dad», und sie streckt die Hand aus, formt mit dem Finger eine Art kleinen Haken und fängt einen von Wards Fingern damit. Hält ihn fest. Dabei lächelt sie ihn an, nimmt noch einen Schluck von ihrem Drink. «Jaaa», sagt sie, und ihre Zähne sind sehr weiß gegen die braune Haut, und ihre Augen, in dem abgedunkelten Zimmer, alles Licht draußen hinter den verhängten Fenstern, wo der Himmel ist, das Meer ist, glitzernd, unruhig …

«Jaaa», sagt sie wieder.

Ihre Augen …

Ward rührt sich nicht, nur sein kleiner Finger, eingehakt in ihren … Da draußen, hinter dem Fenster mit seinen Vorhängen, ist das Meer, und ja, das Meer wird jetzt unruhig, wartet zwar noch, aber beginnt sich allmählich zu regen …

… Bewegung draußen im Kanal, neue Dünung, die Flut …

Aber Ward kann sich immer noch nicht rühren. Er muss die Augen schließen. Die Wirkung des Drinks. Die Nähe des Mädchens. Ihr Gesicht, ihr Körper, ein Gefühl, als komme die Luft näher, werde wärmer, und sie birgt etwas in sich, eine Kraft, eine Art Macht, die jeden Moment bersten, den Raum aufstoßen wird zwischen jetzt und der Sekunde, wenn es kein Halten mehr gibt. Wie eine Welle, kurz bevor sie sich bricht. Eine Sekunde noch, eine Sekunde, und dann …

Ein einziges Gleiten, ein einziges Eintauchen.

«Hey», sagt Jenny, und jetzt ist sie ganz dicht bei Ward. Und sie tut irgendetwas, ihre andere Hand spielt mit seinem Haar, streicht es, strähnchenweise, zurück hinter sein Ohr. «Vorsicht», sagt sie, als er sich an sie lehnt, er kann gar nicht anders, «Surfer-Boy», sagt sie, und dann pressen ihre Lippen sich auf seine, nur für einen Moment sind sie so zusammen, ihre Münder aufeinander gepresst, und sie fällt, weicher jetzt, ein wenig gegen ihn, ihre Lippen öffnen sich, ein Gefühl, als komme etwas ins Gleiten, und … Dann explodiert es, so empfindet es Ward, in derselben Sekunde, als ihre Zunge in ihm ist, jetzt küssen sie sich, und er fängt an, sich zu bewegen, er und dieses Mädchen gemeinsam, ein Gefühl, als breche alles auf, gerate aus den Fugen, alles, erst der Schock und dann die Welle, er steht nicht mehr, ist im freien Fall, nicht hier, nirgendwo …

So ungefähr.
Ist das.
Dann löst Jenny sich von ihm.
«Siehst du?»

Sie lächelt zu ihm hoch. Sie steht direkt vor ihm, in ihrem Bikini, und hält das limonengrüne Glas immer noch in der Hand. «Das war doch schön, oder? Und gar nicht schwer …» Hinter ihr ertönt Gelächter, und jetzt kann Ward eine ganze Gruppe von ihnen ausmachen, lauter Mädchen auf dem Sofa hinter ihr, sie haben das Ganze allesamt beobachtet.

«Sah auf jeden Fall nach schön aus», sagt eine von ihnen, und dann ruft Alex herüber: «Hey! Ich hab's auch gesehen! Und ich dachte, sie ist meine Freundin!», und fängt an zu lachen, alle lachen.

Ward steht da, er fühlt noch den Kuss in sich und kommt nicht davon los, betrunken, allesamt, Alex, die hübschen Mädchen. Wo er hinschaut, hübsche Mädchen. Und Jungen. In diesem dunklen Raum, überall sitzen sie und streicheln und küssen sich. Mädchen mit feuchten Haaren, in Badeanzügen, die Beine um Jungen-Beine gewunden, die Arme um … Jess und Beth und Jenny und Pamela und Kate … Ward kennt alle ihre Namen, alle Mädchen, die hier, im Haus von Beths Eltern, im Dunkeln herumsitzen, solange Beths Eltern nicht da sind, und sich auf den Sofas und Stühlen von Beths Eltern küssen und von Jungs berühren lassen …

Jaaah.

Ihre Badeanzüge ausziehen, den salzigen Stoff abstreifen … Langsam und mit Bedacht, im Schlafzimmer von Beths Eltern vielleicht, neben dem Ehebett, die Träger ihrer Bikinis öffnen, die Oberteile ihrer Badeanzüge runterziehen, so dass sie sich in dem großen Spiegel betrachten können, dunkel dort, wo die Sonne sie erwischt hat, und weiß wie die Tiere an den anderen Stellen …

Alle Mädchen …

Und siehst du? sagt das Meer, draußen vorm Fenster, jenseits des Vorhangstoffs.
Was ich kann, wer ich bin?
Siehst du's? Während die Mädchen alle Hüllen, langsam, fallen lassen?
Und schmelzen, brennen, brodeln, siehst du das? Dass sie sind wie ich?

Und im selben Moment bemerkt Ward das andere Mädchen, Alison, sie steht drüben am Fenster, allein. Sie lächelt. Lehnt sich gegen die Wand. Und sie sind alle betrunken hier, Ward ist betrunken. Er versucht, ihr Lächeln zu erwidern, aber jemand zieht ihn von hinten an den Haaren.
«Wardy. Hey, Wardy»

Und er kann nichts anderes tun als den Kopf in den Nacken fallen lassen, als liege er auf dem Wasser, und das Meer, das Meer trage ihn.

Mittag

Das Meer hat …
Muße; bekommt manches zu sehen, kann zuschauen, wie ein Junge, mit Arm-Bändern, die durchs Wasser flirren, orange, leuchtend grün, den anderen nass spritzt, der bloß daliegt, sehr still, die Arme am Körper, bis zum Ellbogen in Meer getaucht.

Und vollkommen glatt ist er, dieser Wasserspiegel, als sei alle Zeit der Welt hier und werde immer Mittag bleiben, immer Jetzt, die Vergangenheit Gegenwart, und die Gegenwart Vergangenheit …

Ob also ein Junge,
zwei Jungen …

Ein Vater,
Oder sein Sohn …

Ist ganz gleich für dieses Meer.

Es liegt jetzt sehr still da, unter den Brettern. Mittag ist es, und das Auge der Sonne ruht auf ihm, doch selbst die alte Sonne kann nicht sehen, was sich, tief drinnen, in den dunklen Wassern verbirgt. *All meine Geheimnisse*, und es will noch mehr, will all die Jungen behalten. Es merkt, wie ein Ruck durch sein Innerstes geht, wenn einer von ihnen nur seine Haut berührt. Der mit den flirrenden Bändern, oder der, dessen schmales Gewicht es auf dem Rücken spürt …

Einer.
Zwei.

Seine Strömungen machen sich bereit, sie zu verschlingen, wie Gezeitenmuskeln, die sich dehnen, entspannen, zusammenziehen … Machen sich bereit, seine Oberflächen aufzuschieben, Kabbelwasser zu bilden, große Wellen …

Zwei Jungen.
Einer …
Zwei …
Und ob es jetzt ist oder später …
Ist ohne Belang für dieses Wasser, die Zeit.

Die Frau am Strand schaut hinaus, schirmt die Augen gegen das gleißende Licht ab, doch sie kann ihren Sohn und seinen Freund nicht mehr sehen, wie sie auch ihren Mann früher immer aus den Augen verlor, wenn er ihren Jungen so weit mit hinaus nahm. Sie sind jenseits der Landzunge, also geht sie zurück ins Haus, wo es kühl ist, legt sich dort, in einem Zimmer, allein aufs Bett, schließt die Augen …

mare
Eine Zeitschrift wie das Meer
Jetzt testen!
No. 39
mare
Azoren
Rückkehr in die fremde Heimat
Ostseeperlen
Algenkunst
No. 41
mare
Die Zeitschrift der Meere
Labrador
Sechs Winter bei den Inuit
Geisterschiff
Saddam Husseins Panzerfrachter
Valparaiso
Dichters Muse, Seemanns Braut
mare
Kanalfahrt
Sprühfisch
Kosmonaut
Tahiti
Drei aktuelle Ausgaben
nur 15 Euro statt 22,50 Euro
Foto: Mauritius

Liebe Leserin, lieber Leser,

als **mare** *1997 aus der Taufe gehoben wurde, traute uns kaum einer zu, mehr als einige wenige Ausgaben der „Zeitschrift der Meere“ überhaupt mit Inhalt füllen zu können. Schnell sei der Themenpool ausgeschöpft, überfischt sozusagen, und es gäbe nichts Interessantes mehr zu berichten, befürchtete man.*

Heute erscheint **mare** *schon im siebten Jahr, hat einige der wichtigsten nationalen Zeitschriften- und Fotopreise gewonnen, mit* **mare**TV *eine eigene Sendung im Fernsehen und sich mittlerweile fest im umkämpften Zeitschriftenmarkt etabliert. Ein sehr erfolg- und abwechslungsreiches Buchprogramm rundet unsere Produktpalette ab.*

Es scheint also, dass wir einen Nerv getroffen haben. Denn im Spiegel der Meere erscheinen Kultur, Wissenschaft und Natur in einem anderen Licht, und es öffnen sich neue, oftmals verblüffende Perspektiven. Nutzen Sie also die Gelegenheit und ...stellen Sie noch heute Ihr Probeabonnement. Sie werden erstaunt sein, wie er...hend anders die Lektüre von **mare** *ist.*

...e

...are-Gruppe

All meine Geheimnisse ...

Sie spürt, wie sie wegdriftet, hinüber gleitet in den Schlaf, von den eigenen Strömungen erfasst ...

«*Komm ...*»
Und da ist jetzt auch ihr Sohn, weit draußen, in ihren Träumen treibt er davon ...
Ein bisschen tiefer, sagt das Meer.
Hier ist es kühl, und schön ...

«Aber ich will nicht!»

Und das Meer bekommt ja so manches zu sehen ...
Der eine noch wackelig auf seinem Brett, der andere aufrecht, und schon unterwegs ... «Nun komm! Sei kein Frosch!»

Die Frau erschrickt in ihrem Schlaf: «Ich liebe euch beide!»

Denn ob ein Junge, zwei Jungen ...
Vater oder Sohn ...
Für das Meer sind sie alle gleich.

Mein ...

Es öffnet den Mund, und alle Jungen gleiten hinein.

I

Plötzlich dieses Gefühl, dass es spät geworden ist. Als sei er eine Zeitlang weggetreten gewesen oder so, und wegen der Vorhänge kann er nicht einmal sehen, was inzwischen mit dem Wetter los ist, es muss schon spät am Nachmittag sein … Oder nein. Doch. Es ist spät.

Er steht auf, steigt über leere Gläser und ein, zwei Flaschen. Der Fußboden ist ein Chaos, überall Aschenbecher, Kissen. Die Musik läuft, ein paar Leute tanzen, aber der Raum wirkt leer, und irgendetwas muss passiert sein. Dass er überhaupt nichts mehr mitgekriegt hat, eingeschlafen ist oder was auch immer; vielleicht wurde ein Joint herumgereicht, das könnte sein …

So oder so: Nichts wie raus hier. Schnell geht er den Flur hinunter, drückt die Schwingtür auf, und die Hitze erschlägt ihn fast, das Licht, wie eine Mauer. Nach all der Dunkelheit jetzt diese weite, heiße Luft, und –

Ward bleibt stehen, traut seinen Augen nicht.

Das ist eine Zwanziger.

Oder Dreißiger.

Die Welle. Kommt wie er gedacht hat, genau so, und noch gewaltiger. Da, im Zentrum, ist der Sog, und wie sie steht, eine Wellenskulptur, blaues Glas, ein Berg. Genau so, wie sein Dad gesagt hat, direkt von Norden, und hoch, als werde sie ewig währen ... Ward fängt an zu laufen. Zurück zum Meer, über den Strand, zu seinem Brett, das noch im Sand steckt, und klar könnte er was Größeres gebrauchen, aber dafür ist jetzt wirklich keine Zeit. Jede Sekunde formt sich das Meer, arbeitet sich heran. Warum hat er auch nur eine Minute lang geglaubt, er könnte woanders sein? Woanders als hier? Gelbe Sonne, Sand wie eine glatte schwarze Farbfläche, und der blaue, blaue Ozean ... Warum jemals drinnen sein, wenn hier draußen dieses ist, all dies? Und so läuft er immer weiter, schneller, Sand spritzt an ihm hoch, während er läuft, und erst, als er nicht nur das gesamte Wasser überblickt, sondern auch eine Gestalt dort draußen sieht, ein Brett, erst da bleibt er stehen, ruckartig, als habe ihn ein Schlag getroffen, eine Gestalt da draußen, vor ihm ... Alex.

Aber es ist nicht Alex. Falsche Farbe. Das orangene Brett ... An seiner Farbe würde man Alex überall erkennen, und wer immer es ist, er ist sehr weit draußen, die Farbe des Bretts schwer zu bestimmen. Ward schirmt seine Augen ab. Nein. Er kann es nicht sehen. Aber das Wasser trägt ihn, er sieht gut aus da draußen, die Arme seitlich ausgestreckt, perfekt, wie er hereinkommt, und steht und steht, eine kleine Gestalt, die vor dem blauen Glasberg in ihrem Rücken beinahe regungslos wirkt. Mann, schau sie dir an. Denn solche Wellen kriegst du wirklich nicht alle Tage, als sei es der erste Tag der Welt oder so, wie sie sich da vor Wards Augen selbst zu erschaffen scheinen, und was für ein Gefühl, dabei zu sein, und gleich dort hinein gehen zu können …

Er fängt wieder an zu laufen, klettert auf die Düne, wo die beiden Bretter stecken, das von Alex orange, sein eigenes grün-blau. Nun hat er es doch noch nicht nachgearbeitet und gewachst … Zu spät jetzt. Er zieht es aus dem Sand, und schon ist er unten am Wasser. Watet hinein, stößt sich ab und paddelt … Und augenblicklich fühlt er sich …

Mächtig, hier im Meer.

Dabei ist er noch gar nicht weit drinnen, doch er spürt schon den Sog des Weißwassers, und es wird anstrengend sein, sich bis zur Welle vorzuarbeiten, aber für das hier, für diesen Tag heute, ist es die Mühe wert. Er senkt den Kopf, damit seine Arme das Wasser richtig durchpflügen können, eine Lücke zu finden wäre gut, auch der andere muss irgendwo eine Bresche gefunden haben, um so weit raus zu kommen … Ward schaut auf. Da ist er, gleitet durch den Tunnel, derselbe Surfer, und wie hoch er bleibt, perfekter Stand, seitlich zur Welle, immer hart an am Kamm, mit den Hüften ein Gegengewicht schaffend, die Arme ausgestreckt, aber nicht sehr weit, denn die ganze Balance kommt von innen …

Es ist sein Dad.

Natürlich. War doch im Grunde von Anfang an klar, dass es so kommen würde, oder nicht? Dass sein Vater vor ihm hier sein würde. Dass der Mann, der sich all die Zeit vom Wasser ferngehalten hat, gerade diesen Moment, diesen Nachmittag wählen würde, um zum ersten Mal wieder rauszugehen. Darum ging es heute, den ganzen Tag, eine Geschichte, die Gestalt annimmt wie eine Welle, die sich aus quer zu einander laufenden Strömungen formt … Dass er nach wievielen Monaten, Jahren? Zwei Jahren? Natürlich ist er das da draußen. All sein Gerede vorhin, heute Morgen … «Gehst du raus?», zu Ward, der mit den Mädchen drinnen war, während sein Dad in den Schuppen ging und seinen alten Nine-Liner polierte, um sich für diesen Ritt zu rüsten …

Und sieh ihn dir an.

Wie hoch er reitet, auf der langsamen, rechtsbrechenden Welle, ganz oben die weiße Gischt, und um ihn herum bricht alles ein, nur er selber nicht … So kann das kein anderer. Die ganze Strecke, ohne sich hinzuhocken, stehend … Kein anderer kann das, keiner. Ward schafft es nicht, den Blick von ihm zu wenden … Die Haltung, seitlich, kraftvoll, gespannt, und wie das Brett dahinrauscht … Nach all der Zeit seinen Vater wieder hereinkommen zu sehen …

Natürlich kann er den Blick nicht abwenden. Ein irgendwie atemloses Gefühl in ihm, glaube ich, oder nein, ein atem*volles*, das ist es. Als sei alles in ihm mit einem Mal angeschwollen, vor lauter Gefühl vergrößert, der Brustkorb geweitet, damit das Herz noch hinein passt, und das Volumen des Atems, der in ihm ist, zu groß für seinen Körper. Und sieh ihn dir an. Sieh ihn dir doch an …

Sein Vater steht immer noch, während Ward bloß zuschauen kann. Und das Meer ihn hinaus zieht, aber nicht an die richtige Stelle, und trotzdem kann er nicht anders, als seinem Vater zuzuschauen. Wie er zurück schert, wieder hereinkommt, her und hin, immer wieder, wie ein Engel, die ewigen Wiederholungen scheinbar in der Zeit, in der Bewegung eingefroren, als seien sie unendlich, und dann, obwohl es unmöglich scheint, verebben sie doch, lassen nach, während die Welle sich vollendet und sein Vater abdreht. Ward sieht ihn langsam ausgleiten, sich wieder aufs Brett legen und sofort von neuem zu paddeln beginnen, die lange Strecke hinaus …

«Dad!» ruft er, so laut er kann, gegen die Brecher an, aber inzwischen ist der Mann, natürlich, schon wieder viel zu weit weg. Und wie sehr Ward sich auch anstrengen mag, sie sind weit voneinander entfernt, diese beiden, denn die Strömung hat Ward nach Osten gezogen, und sein Vater gleitet eher Richtung Südwest.

«Dad!» ruft Ward wieder, fängt kräftig an zu paddeln, um dorthin zu gelangen, wo sein Vater ist, mehr als das versuchen, kann er ja nicht tun, «Dad! Nimm mich mit raus!» Denn anders geht es nicht, er war noch nie zuvor bei solchen Brechern draußen, er braucht seinen Vater jetzt, und das Meer soll ihm helfen, ihn dorthin bringen: Los, nun komm … und –

Also gut, sagt das Meer, und plötzlich zieht es sein Brett, aber diesmal nicht seitlich hinüber, sondern weiter raus, hilft ihm paddeln, eine Strömung erwischen … Gut? Gut. Und Ward versucht, auf Kurs zu bleiben, indem er seinem Vater mit den Augen folgt, spürt den Sog, und was für ein Unterschied. Besser. Vorwärts jetzt, es geht, und *komm*, sagt das Meer, und gut, gut, weiter hinaus, weiter, und wenn das Meer seinen Willen bekommt, wenn es ihn weiter in diese Richtung schiebt, müssten ihre Wege sich kreuzen, doch falls Wards Vater ihn gesehen hat, gibt er es nicht zu erkennen. Und wieder schießt das Brett voran, wird mitgerissen, trägt Ward erneut mit Schwung hinaus, er muss fast gar nichts tun … Weiter hinaus, immer weiter und weiter …

Und der Blick ist wie im Film. Dort, wo er jetzt ist, weit draußen, und mühelos, und das schimmernde Licht auf dem Wasser, und sein Vater, der näher und näher kommt ... Der Junge dem Mann ... Der Mann dem Jungen ... Zwei Jungen ...

«Hey!», ruft Ward, damit er ihn bemerkt, doch es kommt nichts zurück. Keine Antwort, keine Welle. «Hey!», ruft Ward noch einmal, aber der andere bewegt sich bloß machtvoll durchs Wasser, als sei nichts ihm im Weg, als könne ihm niemals etwas im Weg sein, während direkt unter Ward, als Antwort, eine starke Dünung anschwillt, *Mein!*, und das Meer ihn weiter hinausträgt und weiter, die Wellen riesigen Walen gleich, die vor ihm herreiten, auf- und wieder abtauchen ... Und da erst, während der Sog sein Brett zur Seite und nach unten wegziehen will und er es mit knapper Not schafft, oben zu bleiben, begreift Ward, wie gewaltig, ja, wie wahrhaft gewaltig diese Dünung ist.

Vom Ufer aus ... Konnte man das nicht richtig sehen. Nicht zu erkennen, von da hinten, wie hoch das Wasser sich auftürmt, was für ein starker Sog hier draußen entsteht. Aber jetzt, plötzlich, ist es, als habe jede einzelne Welle eine Dimension von Tiefe, wie er das noch nie vorher erlebt hat, als hätten die Wellen zum Ausgleich ihrer Höhe in der Tiefe ein eigenes Wassergewicht, und die Schwerkraft wirke in beide Richtungen. Das hat Ward schon beim Hereinkommen gespürt, wisst ihr noch, dieses gleichzeitige Ziehen und Schieben, aber dann sah er seinen Vater, und in dem Moment achtete er nicht auf das Wasser, sondern nur –

Jetzt …

Ward sieht es in Hügeln überall um sich herum. Wie rollende Berge, diese blauen Wasserflanken, und wer weiß schon, wie sie steigen und fallen werden, sie sind einfach um dich, kommen von allen Seiten, um dich zu holen, ein gigantisches Zimmer aus Meer, und das Brett muss einen Weg heraus finden, irgendwie, darüber hinweg, daran vorbei. Dass Surfen dein Körper ist, klar hat sein Vater das immer gesagt, aber hier … Wie soll er hier seinen Körper benutzen … Der einzige Körper ist das Meer.

Ward fühlt, wie es ihn mit dem nächsten Sog wieder quer hinüber zieht, er versucht, seinen Vater im Auge zu behalten, doch schon kommt eine neue Woge hinterher, die ihn verdeckt, und Ward sieht nur noch Bewegung, einwärts wirbelndes Wasser, das sein Brett ansaugt, als sei ein gewaltiger Stöpsel gezogen worden, und ihn eine Sekunde oder zwei vertikal nach unten zieht, ehe er wieder hochkommen und sich fangen kann, ein einziger Schwall Blau, Blaugrün und Salz und … Bleich, solches Wasser hat er noch nie gesehen, was ist das, er weiß nicht, was er damit anfangen soll. Er sucht eine andere Position auf dem Brett, verlagert das Gewicht weiter nach hinten, damit das Brett besser greift, aber ... Wieder ... Es ist ... Dieser Seitwärtssog, genau wie vorhin, bei der letzten Woge, als gebe es zwei Strömungen darin, unter Wasser hat er sie beide gespürt, und die Farbe, diese Farbe ... Wie Heilwasser, dabei ist dies kein Heilbad, und dann ist der Gedanke mit einem Schlag ganz und gar da: Wärme und Kälte. Das ist es.

Denk jetzt nicht darüber nach.

Aber das ist es. Alles, was er hier draußen erlebt. Wovon sein Vater immer geredet hat und was Ward bis zu diesem Moment nicht kannte ... Wärme und Kälte zugleich, aus dem Inneren des Meeres selbst geformt und nicht auf Strömungsrhythmen zurückzuführen oder auf Wind, der irgendwoher kommt ...

Denk nicht drüber nach.

Und weißt du was? Das kannst du auch gar nicht. Im Augenblick. Nachdenken. Du kannst, bei dieser Dünung, überhaupt nicht selbst entscheiden ...

Nur kommen,
weiter nach draußen, dorthin, wo der andere ist.

Hier gibt es nur das Meer, und was das Meer tut ...
Immer weiter hinaus. Runter.
Zwei Jungen, und was das Meer ihnen antun wird.

Ward spürt diese Kraft, während er mit seinem Vater weiter hinaustreibt. Weiter, und runter, in die *kühle Dunkelheit*, wo entlang den Wellensäumen längliche silberne Fische zwischen den Felsspalten auftauchen und wieder verschwinden … *Tiefer, kälter* … Und das leuchtende blaue Wasser trägt ihn und leuchtet, sich selber auflösend, in ein gewaltiges Schmelzen dort unten, tief unter ihm, hinein, an Meilen und Meilen dieses bleichen Salzes vorbei, das in den Augen beißt, bis in endloses, augenloses Dunkel …

Und jetzt beginnt der Lärm.

Wu-mm.

Von tief drinnen. Die süße Wärme, und die Kälte.

Wu-mm.

Hunderte Tonnen Wasser, die zusammengepresst werden und explodieren.

Wu-mm.

Der Lärm um den Jungen herum, überall, wie das Schlagen seines vergrößerten Herzens.

Wu-mm.
Wu-mm.
Wu-mm.

Also kannst du alles «Ich will nicht!» völlig vergessen. Du hast keine Wahl, Ward hat keine Wahl, darum ist er ja hier, so war's von klein auf. Gehst du raus? Er hatte doch nie die Wahl, nie die Möglichkeit, nicht hinzuschauen, wenn sein Vater «schau her» sagte, ihn nicht stolz zu machen, wenn sein Vater «mach mich stolz» sagte. Es ist so schrecklich hier, wundervoll, dieser fantastische Schrecken des Wassers, aber sag nicht, es habe etwas mit Heldenmut zu tun, er sei aus freien Stücken hier, wie sein Vater aus freien Stücken hier ist …

Wu-mm.

«Nein!»

Du hast gar keine Wahl.

Er könnte jetzt rufen, «Ich will nicht!», doch dann kommt zurück:
«Ganz ruhig!»
«Aber ich habe Angst!»
«Es gibt keinen Grund zur Angst!»
Und dann das Meer, *komm.*
«Ich will nicht.»
Er muss wollen.
Lächeln, so tun als ob.
«Du weißt, dass du's willst.»
«Ich will nicht.»
«Sei kein Frosch, Wardy! Zeig mir, was du kannst!»

Und so kommt alles, alles kommt in diesen Wellen zusammen. Hier draußen, allein mit seinem Vater, erkennt Ward, spürt er es in der Größe seines eigenen Herzens: Wu-mm. Zwei Strömungen, warm und kalt. Ich will nicht. Ich will.

Wu-mm.

Und mittlerweile sieht er nur noch Wasser. Die Flanke der nächsten Welle, die heranrollt.

Wu-mm.

Und sein Vater vor ihm, aufrecht auf seinem Brett, und jetzt brüllt er ihm etwas zu, sein breites Grinsen auf dem Gesicht, im Mittelpunkt eines gewaltigen Ozeans und der Welle, die ihn gleich erfasst … Brüllt er, «Ist das nicht fantastisch?», über das Wasser hinweg.

Wu-mm.

«Steh auf!» Er gestikuliert, lockt.

Wu-mm.

«Surf mit mir!»

Wu-mm.

«Es gibt überhaupt keinen Grund zur Angst!»

II

Gibt es auch nicht. Für den Mann auf dem Brett scheint es keinen Grund zur Angst zu geben, als sei dies ein Moment der reinen Erinnerung, hier draußen, bei gewaltiger Dünung, aber er hat alles im Griff, solange nur jemand da ist, der ihn reinkommen sieht …

Sieht so aus. Als wisse er, dieser Mann, was er tun, wie er sein muss. Sich erstmal, ruhig und langsam, aufrichten, so wie er es jetzt macht, und zwar hoch. Dann seinen Körper spüren, die Ausmaße des Körpers, und was er dem Druck dieser speziellen Welle entgegenzusetzen hat … Darin kennt er sich aus, das wisst ihr ja, er kann es entziffern, beinahe wie Zahlen, oder Teile eines Zeichens. Sein Fuß, jene typische Form, die der Fuß dieses Mannes hat, ist gespreizt, akkurat entlang der linken Kante aufgestellt, fünf Zehen, die wie ein Griff funktionieren, und dann so bleiben, gut, eine gerade kleine Reihe, und dahinter der rechte Fuß, etwa 45° auswärts gedreht. Genau, so ist es schön. Gewicht auf die Ferse, und den Körper mit den Armen ausbalancieren, bis in die Hüften. Und –

Stehen.

Perfekt. Die Arme … Okay, die können jetzt ein bisschen spielen, aber die Ellbogen bleiben an den Seiten, Handflächen flach ausgestreckt, wie hat sein alter Daddy sie noch immer genannt, zwei Spachtel … Genau.

Und zurückschnellen. Gewicht wieder nach hinten verlagern. Sein alter Daddy. Ist lange her, die Zeit, als der alte Mann ihm zuschaute … Und was ist überhaupt aus ihm geworden? Jetzt links belasten, stehen, in die Knie gehen … Hat er den alten Mann nicht einfach …

Los.

Jaah. Wards Vater richtet sich auf. Doch, hat er. Vor langer Zeit … Seinen Vater in der Vergangenheit zurückgelassen. Und kein Zweifel, das war wunderschön gerade, als er hätte abdrehen können und statt dessen bis knapp über den Kamm hinweg aushielt. Seine Haltung exakt beibehielt, sich kein bisschen bewegte, nichts veränderte, einfach so blieb, und der Druck der Welle unter ihm, genau unter dem vorderen Drittel des Bretts … Und vielleicht hätte er das nicht tun dürfen, wisst ihr … Sich so weit entfernen, von seinem eigenen Vater, ihn so weit zurücklassen …

Aber – dies.

Oh, dies hier ist …

Endlos jetzt. Wie in endlosem Tunnel, und nichts, was ihn aufhalten kann. Die Vergangenheit, ein alter Mann. Jetzt über ihn nachzudenken … Über ihn zu reden … Denn war er nicht, im Grunde, verrückt?

Wards Vater steht immer noch, und steht.

Bestimmt.

Schwenkt leicht nach rechts, schert wieder zur Mitte zurück.

So ganz allein da oben zu leben, seine endlosen Bücher über das Wasser zu schreiben … Weit hinaus aufs Meer mit seinen selbstgemachten Brettern … War doch bestimmt verrückt, oder nicht? Der alte Mann? So verrückt wie dieser Moment?

Aber …

Wunderschön.

Ist das. Der Mann spürt, wie er sich jetzt dreht, zur Wende, leicht nach links, mit dem Oberkörper, nur mit dem Oberkörper, und … Steht … Und in dem Moment, als er wendet, und wieder steht … Ist es da. Die Wärme und die Kälte. Genauso gewaltige See, wie es sie dort oben gab, damals, als er ein Junge war und allein mit seinem Vater im Norden lebte …

Jetzt schert er wieder zurück. Und das Gleiche noch einmal, Schultern frontal zur Welle, der Kamm links von ihm. Neben ihm, einen Tunnel bildend, die kalte Strömung, und als die warme sie kreuzt, hebt sich das Wasser, zwei Arten von Wasser zugleich, es ist wunderschön, verrückt. Und der alte Mann, der einen Sohn großzuziehen hat …

Langsam, langsam.

Und der da oben ganz für sich allein lebt …

Er kippt leicht nach vorn, um einen heftigen Ruck abzufangen, und richtet sich gleich wieder auf, damit er im Tunnel bleibt …

Und er ist nie wieder zu ihm hingefahren …

Er atmet tief ein, hält die Luft an.

Nie. Der Mann da auf dem Brett. Der einmal ein Junge war, und gesehen hat, wie behutsam sein Vater Muscheln, Holzstücke von seinem geliebten Ufer aufsammelte. «Der sanfteste Mann, der mir jemals begegnet ist.» Wer hat das gesagt? Seine Mutter?

Der Mann auf dem Brett, Mann, kennt nicht mal den Namen seiner Mutter.

Einatmen, ausatmen. Die Arme immer an den Seiten halten.

Erinnert sich nicht an das Gesicht seiner Mutter. Ihre Stimme, oder wie sie ihn berührte.

Aber er hätte doch unmöglich … Oder? Bleiben können? Dort aufwachsen, an jenem fernen Stück Küste, gefährliche Brandung, und die Kälte, wenn er doch mehr brauchte, als ein einzelner Vater geben konnte, unmöglich?

Und doch …

Unter ihm ist jetzt ein weiter Raum, während er übers Wasser gleitet, und es will mir hier, wenn ich dies so betrachte, wie ein Wink erscheinen, eine Erinnerung an etwas aus jener damaligen Welt, die er vor so langer Zeit verlassen hat. Hier ist es, das Meer, und das hat sein Vater ihm beigebracht, nicht wahr? Dass es ihn tragen würde, das Wasser, wie wir alle getragen werden könnten? Dass es ihn immer tragen würde. Und das Schreiben und Malen und alles, was der alte Mann tat, wie der alte Mann selber aufs Wasser ging … War seine Art, seinem Jungen das Meer zu schenken. Wo er ihm so vieles nicht geben konnte, lehrte er ihn: Beherrsche das, was du begreifst, und kümmere dich nicht um den Rest. Bei so viel Meer, zu viel Meer, wird da draußen immer noch mehr sein, das dich verschlingen würde, wenn es könnte, aber die großen

Wellen, die nachts auf den Strand niederkrachten, weißt du noch? Sie kamen nie ganz herein, stimmt's? Vielleicht ja doch nicht gar so verrückt, alter Mann, vielleicht, und wo bist du jetzt überhaupt, immer noch da oben? Wartest immer noch auf die vollkommene Welle? Bestimmt. Und alt inzwischen, so alt, und dieser Mann hier, der wird auch älter. Geld am Bildschirm, klar, eine Frau, ein Kind, doch vom nördlichen Ozean kommt jetzt Kälte herein, und die warme Strömung stößt mitten hindurch und … Jenes Geschenk, das du ihm gemacht hast, er wollte es besitzen, anstatt sich bloß davon tragen zu lassen, wollte sich selber oben halten, auf den Wellen reiten, nur auf den Wellen …

Das Meer hebt Wards Vater hoch, nimmt ihn mit, zu sich. Und der mächtige Tunnel in seinem Rücken wächst und wächst. Lässt diese Schönheit unter ihm anschwellen, und am Ende ist er hier ein Mann und ein Kind, und beide hat das Meer von jeher gekannt. Ein Kind, das allein fortgeht, allein gelassen wird. Das nie mehr zu seinem Vater zurückgekehrt ist, ganz zähe, sehnige Kraft, wenn ihr so wollt, weil es das Geschehene in Knochen und Muskel aufgelöst hat, in seinem Körper, aber nicht in seinem Herz.

Er sieht nur sich selbst. Die Welle, ewig lockend, rollt heran. Er sieht seinen Sohn nicht, der immer näher kommt, zu ihm hin paddelt … Von der Seite her … Haare wie Taue auf dem Rücken, als wären sie geflochten, und mit Schnüren zusammengebunden, ein Junge bloß, aber auf einem mächtigen Brett, und jetzt, in dieser Sekunde, richtet er sich auf, nach und nach, die Kraft seiner jungen Arme benutzend, um sein Gewicht zu balancieren, das hintere Bein nach vorne zu holen, Halt zu gewinnen, Halt …

Und sie gehören, in dieser Minute, beide dem Meer.

Einer.
Zwei.

Es bäumt sich auf, ist bereit.

Ward schiebt sein Bein noch ein Stück weiter vor, um sich ins Gleichgewicht zu bringen, sich abzustützen, da steht er, und ihr seht, was passieren wird, und könnt nichts machen, und die donnernden Wassermassen …

Wu-mm.

Lauter jetzt, während er sich aufrichtet, viel lauter als vorhin beim Paddeln, das Meer, und Ward schiebt das andere Bein vor … In die Hocke … Aufstehen … Solche Brecher hat er noch nie gesehen, der Kanal selbst ist es, der da auf ihn zurollt, und sein Vater kommt durch, das Meer, dieses Meer, kennt kein Vielleicht, es wird ihn halten … Das Meer, das Meer …

Und die Zeit …

Ist ohne Belang für dieses Wasser, die Zeit. Ward steht jetzt aufrecht und reitet die Welle, schaut ihn euch an, steht aufrecht an der Seite seines Vaters und kommt herein … Und es ist, als seien alle Nachmittage des Meeres hier versammelt, die Sonne stehengeblieben auf ihrem staubigen Pfad, die Zeit zurückgedreht auf Gold. Meridian. Nachmittag dieses einen Tages, und birgt doch alle Zeit in sich, die Sonne stehengeblieben, Hitzestaub in der Luft, wie die Dunstschleier zur Erntezeit, Opfer, Gold, das vom goldenen Hof an den Seiten des Himmels herab rieselt …

Schau mich an!

Ein Junge, aufrecht auf seinem Brett.

Schau mich an!

Hat er seinem Vater immer zugerufen, und sein Vater seinem Vater ebenso. Und diese lang ersehnte Dünung, stundenlang, tagelang, von der Witterung angekündigt, den Sternen bei Nacht, endlich da, irgendwo hergekommen wie aus einer anderen Welt. Das hat Ward doch gedacht, nicht wahr, habe ich das nicht geschrieben? Wie aus einem anderen Wasser dieser Welt, das war doch sein Eindruck, als er heute Nachmittag nach draußen kam, oder nicht? Jetzt ist er auf dem Brett und kommt herein, ganz und gar aufrecht jetzt hinter seinem Vater, selbst bei dieser See, die gewaltiger ist, als er es je erlebt hat, einer See wie aus allen

Wellen der Welt geformt, allen Flüssen, Ozeanen, Meeren, allen Sommern, allen Sonnen, die jemals hoch am Himmel hielten, was sie zu versprechen schienen, aller Tage Sonnen sind geballt in der Hitze, die dem Jungen auf den Rücken fällt, die Zeit schlägt eine Trommel in seinem Herzen, spielt in seinem Haar, das bloß mit Schnüren zusammengebunden ist, und dennoch glänzt, maisgold …

«Schau mich an, Dad!»

Und …

«Siehst du mich?»

Und in derselben Minute, Sekunde, kommt das Meer von hinten, die Schnüre in seinem Haar flattern, und es öffnet den Schlund, um ihn zu holen …

Wu-mm.

Aber nein.

Es ist sein Vater.

Wards Vater, der fällt; nicht er.

Ward sieht es geschehen, schwenkt herum, fängt sich, während das Gebrüll, das aus dem Wasser kommt, weiterzieht und sich das Brett seines Vaters nimmt, nicht seins.

Wu-mm.

Sein Vater war es, den das Meer die ganze Zeit wollte. Ward geht in die Hocke, benutzt das Brett unter sich als Ballast, doch der Sog ist so enorm, dass er ihn runterzieht, unter Wasser, aber gleich ist er wieder oben, und noch im Auftauchen belastet er das Brett mit aller Kraft, stärker, er muss das tun, um voran zu kommen, um überhaupt nur in die Nähe der Stelle zu kommen, wo er seinen Vater stürzen sah.

Wu-mm.

Sein Vater ist nirgends zu sehen. Ward kann nicht einmal sein Brett sehen. Nur die nächste Woge, die sich vor ihm erhebt, und sich überschlägt –

Wu-mm.

«Dad!»
Auf einmal scheint nicht annähernd genug Zeit zu sein. «Dad!», ruft er. Er ist nah dran, aber nicht nah genug, denn sein Vater ist irgendwo da unten, unter Wasser, und er ist einfach nicht nah genug dran, und nicht genug Zeit, jetzt, wo die Zeit wieder angelaufen ist …

Dann ist Ward unten. Schluckt Wasser, kein Halt mehr, das Tosen verstummt. Irgendwo da oben wirbelt sein

Brett herum, dann wird sein Kopf noch weiter nach unten gezogen, nichts als Wasser überall, die Wucht des Meeres, Ward wird nach unten gezogen, immer weiter nach unten, seine Beine irgendwo da oben, über ihm, während sein Körper sich dreht, Purzelbäume schlägt, *mein, mein,* und dann sieht er das Brett, grün, weiß, er fängt es ein, wirbelt herum, taucht auf und holt Luft. Verschlingt Luft. Drückt das Brett mit aller Macht unter sich, um wieder Halt zu haben, ja, es ist unter seinem Körper, er ist wieder oben, er ist oben, alles ist gut …

Was für ein Wahnsinn. Seinem Vater hierher gefolgt zu sein, Wahnsinn, und wo ist sein Vater jetzt …

Da, in derselben Sekunde, taucht er auf, ein Arm nur, dann sein Kopf. Eine Sekunde lang sieht Ward das Gesicht seines Vaters, sieht ihn gewaltig Luft holen, und schon schließt sich das Wasser wieder über ihm. Ward verlagert sein Gewicht auf die linke Körperhälfte, um von diesem Teil des Wellensockels fernzubleiben, doch jetzt strömt das Wasser senkrecht nach unten, ein Sog, als sei im Mittelpunkt der Erde ein Stöpsel gezogen worden, packt Wards Vater und nimmt ihn mit, ganz dort unten hin …

Ward wirft sich erneut nach vorn, um ihn zu fassen zu kriegen. Rutscht selber weg, schafft es gerade noch, sich zu halten, die Wasserflanke vor ihm wie dickes Glas, und eine Sekunde lang sieht er den Körper seines Vaters dahinter, so als klebe er daran, und … Ward taucht in das Glas hinein. Die Fangleine wird straff, das Brett schlägt hart gegen die Seite der Welle, es ist, als sei es bloß von der Oberfläche abgeprallt. Sein Vater ist weg.

Sein Brett schnellt hoch, verwaist, nichts von seinem Vater zu sehen, sein dunkler Schopf nicht, kein ausgestreckter Arm. Ward versucht es noch einmal an derselben Stelle, er stößt in die Wellenflanke hinein, geht mit den Armen auf sie los wie mit einer Hacke. Alles, damit er zu jener letzten Sekunde zurück findet, damit das Meer ihn, zwischen tiefen Atemzügen, dorthin bringt, wo er seinen Vater gefangen gesehen hat. Langsam … schiebt er sich … Vorwärts … Zu jener Stelle. Aber auch das Meer. Hört nicht auf … Zu schieben. Doch dann … Wie es passiert. Wie Ward es schafft, die Hand auszustrecken, eine Lücke im Wasser zu finden, irgendwo in die Welle hinein zu greifen, und da ist der Arm des älteren Mannes, wie seine Hand es schafft, diesen Arm zu packen –

Wu-mm.

Und hier … Taucht er auf, kommt aus dem Wasser, sein Kopf bricht durch das Glas … Ward weiß bis heute nicht, wie es passiert ist, wie er den Mann aus dieser Welle ziehen konnte, seine Hand nehmen, die Hand seines Vaters packen und ziehen, ziehen … Bis heute nicht. Und wie sein Vater sich gefühlt hat, das Gesicht zutiefst erschrocken, vom Wasser, vom Schmerz, in diesem Wasser am Leben zu bleiben, genügend Atem übrig zu behalten, um in solchem Wasser am Leben zu bleiben … Ward weiß bis heute nicht, wie er das geschafft hat, wie er mit der Hand das Glas durchstoßen konnte. Den Arm seines Vaters packen und dann die Hand, den Körper seines Vaters nach oben bringen, so dass sein Vater jetzt von seinem Sohn über Wasser gehalten wird, wie er ihn durchs Wasser gehoben hat, durch all die gewaltigen Wasserscherben um sie herum … Und …

«Halt dich an mir fest, Dad.»
Die Gefahr der Welle selber ist vorüber.

Weiter gezogen, lächelnd. Ein Brett war weg, also hievte Ward seinen Vater auf sein eigenes, und nur die Dünung blieb. Wards Vater holte ein paar Mal tief Luft, würgte, und ein Schwall von Wasser und Erbrochenem kam hoch … Auf dem Brett seines Sohnes lag er, an seinen Sohn gelehnt, und Ward schob ihn durchs Wasser, zog ihn die ganze Strecke, sein Gewicht, über die ganze Strecke … Zurück zum Strand, ein gutes Stück abwärts, gar nicht weit von Falcons Land entfernt, und bevor jemand bei ihnen sein konnte, hatte er dieses zu Ward zu sagen:

«He, das hat Spaß gemacht. Gehst du nochmal raus?»

Während ihm immer noch Erbrochenes aus dem Mund rinnt, und da, wo das Brett ihn erwischt hat, dieser große Schnitt an seiner Seite klafft, versucht er zu grinsen und schaut seinen Sohn an. «Wieder startklar? Gehst du nochmal raus?» Windet sich in Schmerzen und sagt es, sagt es dennoch. «Auf geht's, Junge. Weißt du nicht, wie stolz ich da draußen auf dich war?»

Und Ward … Ward erwidert seinen Blick.

Sein Vater hat zwei Finger ausgestreckt und zeigt auf ihn, während sie beide noch nach Luft schnappen, und Ward hört die Stimmen der anderen zu ihnen dringen, sie kommen zu ihnen an den Strand und rufen: «Alles okay? Alles okay?», und immer noch sitzt sein Vater da und schaut zu ihm hoch, immer noch zeigen diese beiden Finger wie ein kleiner Revolver auf Ward, und er sagt. «Na, wie fühlt sich das an? Seinen alten Dad so stolz zu machen?»

Und Ward schüttelt langsam den Kopf. Nein.

Erwidert nur den Blick seines Vaters, sagt kein Wort, und dieser Mann, der die Revolverfinger auf seinen Sohn richtet, hält sich dieselben Finger an die eigene Schläfe und schießt.

Wu-mm.

Sein Mund formt das Wort. Dann schließt er die Augen.

III

Eine kleine Menschenmenge hat sich oberhalb von Falcons Land um sie versammelt. Alex ist da, ein paar von den anderen, das neue Mädchen, Alison ... Und Leute, die vom Strand aus zugeschaut haben oder aus ihren Häusern gekommen sind. Ward selber kann nicht sprechen. Richards Dad hat seinen Vater dazu gebracht, sich hinzulegen, flach auf den Sand, und sein Bein – «ihr dürft ihn keinen Millimeter bewegen», sagt Richards Dad – ist gebrochen. Ein einfacher Bruch, wie jemand sagt, und dann ist da das Blut an seiner Seite, von oben bis unten, aber das wird schon wieder, auch das hat jemand gesagt.

«Macht mal Platz, nicht so nah ran.»
Als gebe es hier eine objektive Sicht der Dinge, wird Ward später denken.
«Mann, ich hab das Ganze gesehen.»
Und dies sei ein Unfall, mehr nicht. Keine Tragödie. Ein Fehler, ein Missverständnis, aber jetzt holen wir den Arzt, klären, was passiert ist, und dann, wisst ihr, dann wird das schon wieder.
«Nicht darüber reden», sagt jemand.
«Ja, aber hast du sie da draußen gesehen?»

«Die Wellen –»
«Das Meer.»
«Ich meine, wer geht da auch raus …»
«Nur diese beiden …»
«Oh, Mann …»
«Das konnten wirklich nur die beiden hier bringen.»

Klar hat Wards Vater keine Kraft mehr, und in Wards Körper steckt auch nicht mehr viel, nach dem, was er getan hat, sie beide an Land bugsiert, das ganze Gewicht eines zweiten Körpers auf einem Brett durchs Wasser geschoben und geschleppt, jetzt holt es ihn ein … Aber doch auch Kraft genug. Um seinen Vater auf den letzten paar Metern aus dem Wasser heraus zu stützen, das Brett sausen lassen und dafür ihn in den Armen halten, in den Sand legen … Dann war jemand da gewesen, Richards Dad, und irgendein zweiter, und sie hatten alles Weitere getan, den Puls seines Vaters geprüft, seine Atmung, da ist eine Wunde, Blut. Schon gerinnend, vom Meer gestoppt wie noch im Fließen hart gewordenes Wachs, feucht und durchsichtig an manchen Stellen, diese Lebendigkeit, die Ward da an dem langen Körper seines Vaters sieht, dieser gewaltige Riss in seiner Haut. Jemand sagt seinen Namen, «Ward!», aber er schafft es nicht, von dort, wo er kniet, hochzuschauen, nicht mal für eine Sekunde, nur um zu sehen, wer das war, ein Freund, irgendjemand von den Jungs oder Mädchen, die mittlerweile dazugekommen sind, Wards Vater ist jetzt zu schwach, als dass Ward den Kopf heben und ihnen in die Augen blicken könnte.

«Ne dolle Leistung, Ward.»
Er möchte einfach nur hier bei seinem Vater bleiben.
«Wirklich.»
Und all diese Stimmen.
«Jemand hat den Notarzt gerufen.»
Ein Krankenwagen, da kommt ein Auto …
Noch mehr Stimmen.
«Da ist er schon …»
Und ein Gefühl, als ob die Menge um ihn herum steige und falle, Spätnachmittag, aber Ward scheint nichts anderes tun zu können, als hier zu knien, während die Zeit vergeht und der Krankenwagen kommt, eine Trage, eine Injektion, noch mehr Stimmen, und dann wird sein Vater fortgebracht.

Die Sonne geht langsam unter. Nicht richtig kühl, aber irgendetwas hängt tief in der Luft, als bilde sich ein großer Schatten, und die Menge verläuft sich, das Meer einer silbernen Maschine gleich, die gerade erst abgestellt wurde. So still jetzt, und das Wasser ganz ruhig, als hätte dieser Nachmittag gar nicht stattgefunden, als hätte das Meer überhaupt nichts getan.

Trotzdem kann Ward den Strand nicht verlassen, noch nicht. Die anderen Jungs und Mädchen sind fort, als letzter von allen ist Alex gegangen, wollte ihn mitnehmen, los, Mann, bleib jetzt nicht hier, komm mit mir zurück … Aber Ward möchte einfach bleiben. Das Wasser liegt weiterhin ungerührt da, während die Farbe allmählich aus dem Sand weicht, silbern der Spiegel des Meeres, steigende Schatten, und die letzten Farben der Sonne am Himmel …

Dann kommt seine Mutter.

«Ich weiß», sagt sie. Sie kommt näher, zu Ward, der immer noch an derselben Stelle im Sand sitzt. «Was da draußen passiert ist», sagt sie. «Ich fahre im Wagen mit, um bei ihm zu sein, aber …» Und sie ist nah genug bei ihm, so nah, dass Ward sie berühren könnte, «ich wollte erst zu dir.» Dann kniet sie sich neben ihn, legt die Arme um ihn.

Ihr Bikini ist noch feucht, vielleicht war sie schwimmen, ist vielleicht ins Wasser gegangen, ganz allein, irgendwann am Nachmittag, lange und weit genug weg, um nichts von all dem, was hier geschehen ist, mitzubekommen … Und wie kann das sein? Dass Wards Mutter die ganze Zeit über so weit weg war? Aber sie war es, allein irgendwo draußen, nicht einmal in der Nähe dieser Stelle, so weit weg, dass sie die Welle gar nicht gesehen hat, glaube ich, oder auch nur geträumt, was diese Welle anrichten könnte, und jetzt ist sie wieder hier bei ihm.

«Komm her …»

Ihre Haut ist warm, ihr Bauch flach an der Wange ihres Sohnes, während sie ihn hält, und der feuchte Stoff ihres

Bikinis an seiner Haut, während sie ihn in ihren Armen wiegt und … Ich weiß nicht. Es ist … Als ob … Alles hier sei. Der Morgen, der Mittag. Das Mädchen. Der Schrei der Möwe. Und Alex, natürlich, Alex, und die Party, und die Welle … Als ob alles … Hier, im Körper seiner Mutter, die ihr Kind in den Armen hält, zurückgekehrt sei. Wie das Geräusch des Meeres, das Ward noch in sich trägt, die Erinnerung an jenen gewaltigen Puls, das *Wu-mm, Wu-mm*, den Revolver seines Vaters, und wie er zuletzt auf seinen eigenen Kopf zielte … Und wie jemand vorhin zu ihm sagte: Daran kannst du von jetzt an immer denken, daraus Kraft schöpfen: Du hast deinem Vater das Leben gerettet. Alles, alles … Hier zur Ruhe gekommen, in ihr … Den Buchstaben im Sand.

Wenn er, später in seinem Leben, Zeit hat, über all dies nachzudenken, dann könnte es ihm so erscheinen; dass alles in diesem einen Moment aufgehoben ist, diesem Moment, als Ward jetzt mit seiner Mutter hier zusammen ist, die ihm «Oh, oh, oh» zumurmelt, während sie ihm übers Haar streicht. Und «mein kleiner Bub» sagt, wieder und wieder, und es sagen muss, weil es nicht stimmt, er ist dieser kleine Junge nicht mehr, wird nie wieder dieser kleine Junge sein, aber sie muss es trotzdem sagen, vielleicht, weil es ihre letzte Chance ist. Ihn zu halten, zu trösten; die letzte Chance. Das Gesicht ihres Sohnes in ihre Hände zu nehmen, als wolle sie ihn küssen, ihm so nah zu sein, wie sie es früher einmal war, als er so klein war, dass sein ganzer Kopf in ihrer Handfläche Platz fand … Dann nimmt sie diese Hände fort. Entfernt sich, verschwimmt. Die Sonne glitzert ein letztes Mal und sinkt. Dunkelheit kommt.

Die Party ist noch im Gange. Wie Ward sich schon dachte, Beths Eltern sind noch nicht zurück, warum aufhören, wenn's gerade schön ist. Es gab eine kleine Unterbrechung, der Unfall, und wer hätte je gedacht, dass Rob McFarlane da draußen untergehen würde, aber immerhin, ein Krankenwagen musste kommen, und jemand hat gesagt, sein Bein sei zertrümmert, von oben bis unten, und der Schnitt von der Kante seines Bretts werde ihm für immer bleiben.

«Wirklich, Ward, tolle Leistung», sagt Richard, der jetzt mit einem Bier in der Hand zu ihm kommt. «Wenn du deinen Dad nicht gesehen hättest …»
«Ja, Mann, stell dir das bloß mal vor …» Jeff kommt dazu, pfeift durch die Zähne. «Wenn du ihn nicht gesehen hättest …»
«Was dann passiert wäre.»
«Was passiert wäre.»
«Ja, Mann.»
Ward steht auf. Sie sind alle hier. Dieselben Leute, einer nach dem anderen nach draußen gekommen, an den Strand vor Beths Haus, und jemand hat ein Feuer gemacht. Die orangenen Farben flattern wie Bänder zum schwarzen Himmel empor. Er zittert. Vielleicht, weil er vorhin

nochmal geschwommen ist, als seine Mutter weggegangen war, und jetzt daran denkt, wie es war, wieder ins Wasser zu gehen. Vielleicht. Oder bloß wegen des Feuers hier, golden und rot und gelb vor dem schwarzen Hintergrund. Wer weiß. So oder so, das Meer war schön wie immer, als er noch einmal hinein ging, auch wenn es ihn heute haben wollte, kein Zweifel, sich's dann aber anders überlegte, statt dessen kam sein Dad an die Reihe, und es ließ von ihm ab …

Er schaut auf die Uhr, nach Zehn. Sein Vater wird jetzt schlafen, mit Krankenhaus-Gaze über einer Seite seines Gesichts, seines Körpers, sein Bein zerstückelte Knochen, aber gegen den Schmerz haben sie ihm etwas gespritzt, und seine Mutter wird dort bei ihm sitzen, auf einem kleinen Stuhl. Und Ward ist hinaus geschwommen, ganz bis zu den Eastern Bays und zurück, die Sonne war schon untergegangen, aber ihm schien, als reinige er sich auf diese Art. Vom Blut und Erbrochenen seines Vaters, sozusagen, und von den Händen seiner Mutter … Und das Meer *hat* ihn gereinigt, es war bereit, in solchem Sinn ein Ozean für ihn zu sein, alles von ihm zu nehmen, was er abstreifen musste. Ich glaube, das hat er gewusst, Ward, er hat es geahnt, bevor er hineinging, dass das Meer ihm erlauben würde, neu anzufangen, wie ein Kontinent zu sein, in dem er sich verlieren könnte, aber ein Kontinent aus Wasser, nicht Land, nur Wasser. Irgendwann war er dort angelangt, wo der Schelf abfällt, so weit draußen, dann schwamm er weiter, um die Landzunge herum … Schwamm bloß im Meer, mehr war es gar nicht, aber eigentlich schwimmt er nie nur so, nicht ohne einen Grund, nach der Strömung schauen zum Beispiel, ein Brett mit rausnehmen … Aber jetzt hat er das Gefühl, das könnte sich alles ändern. Als er so dasteht, neben dem großen Feuer, und ihm vom Schwimmen noch kalt in den Knochen ist und trotzdem warm … Da kannst du anfangen. An diesem dunklen Strand, diesem Abend, als er zurückkam, tropfend aus dem Wasser kam, und allein im Dunkeln war, wie an unbekannten Ufern …

Und wie er dann über den Strand lief und seine Shorts vom kalten Sand aufhob, nach Hause ging und niemand da war. Wie das Haus dunkel war. Wie Ward hinein ging, die Haustür offen, aber die Zimmer dunkel, den Abend herein lassend, und der Tisch in der Küche leer, und die Stühle auch. Er ging durch alle Zimmer, und es mochte wirken, als ergreife er von ihnen Besitz. Er sah sein Bild in dem langen Spiegel, der neben dem Kamin im Wohnzimmer hing, und er sah aus wie ein Mann. Dann ging er weiter zum Badezimmer und stellte das Wasser in der Dusche an.

Als er herauskam, Dampf um ihn herum wie eine Hülle … Ich sehe, natürlich sehe ich das, dass sie da schon in ihm war, die Veränderung, und sie konnte sich nur ausweiten. Er ging in die Küche, nackt, stand tropfend neben dem Kühlschrank und sah hinein. Milch war da, Brot, ein halbes gegrilltes Hähnchen, das seine Mutter übrig gelassen hatte, schwarze Schokolade, eine Pastete. Melone, ein bisschen Käse. Ward aß alles, bei geöffneter Kühlschranktür, das Licht dort drinnen das einzige Licht im Haus. Wie ein ausgehungerter Mann stand er nackt da und aß alles auf. So ein Mann. Nackt und tropfend und alles verschlingend, was er in der Küche seiner Mutter, in der Küche seines Vaters, in ihrem Haus an Essbarem entdecken konnte. Er aß, bis er satt war, und trank einen halben Liter Milch, dann ging er in sein Zimmer, zog sich an und machte sich wieder auf den Weg zu der Party, die er vorhin verlassen hatte.

Genauso war es. Als er zu Beths Haus unterwegs war, auf der kleinen Straße, die unter seinen Füßen zu Gras wurde, hörte er die Musik, die Stimmen ... Sah sie alle draußen ...
«Hey, Wardy!»
«Da ist er!»
Und gut, vielleicht fröstelt er ein wenig, aber eigentlich ist ihm nicht kalt, er war im Meer, aber er ist wieder raus aus dem Meer und ist jetzt hier, bei den anderen, hat sich in ihren Kreis um das Feuer gestellt.
«Hey», sagten sie, und alle redeten mit ihm, über den Nachmittag, über seinen Vater. «Hey. Hey.»
Er stand eine Weile bei ihnen, redete, und das war gut, dann löste er sich, ging weg von Richard und seinem Freund, Jeff, den Mädchen von vorhin, und auch das war gut, sich ein Bier vom Stapel zu nehmen und wieder zurück auf

den Rasen zu gehen und hinauf zu Beths Veranda, und dort war Alex.

«Du.»
Nur Alex, niemand sonst.
«Ich hab das Ganze gesehen», sagt er, und schüttelt den Kopf. «Du bist vielleicht ein Typ, weißt du?»
Ward lächelt ein bisschen.
«Das Fernglas von meinem Dad. Wir sind alle rausgegangen. Ein bisschen später, meine ich …»
«Ich weiß gar nicht, wie spät es war», sagt Ward.
«Als du schon weg warst. Dann ist Richard irgendwann rausgegangen und hat die Welle gesehen. Mann, das haben wir uns natürlich angeschaut, und dann euch beide entdeckt … Und du …» Er schüttelt wieder den Kopf. «Du warst unglaublich da draußen.»
«Mein Dad war zuerst da», sagt Ward. «Ich bin bloß hinterher –»
«Ach komm.» Alex schaut ihn an, mit seinem kleinen Alex-Blick. Keine Sonnenbrille diesmal. Keine Wasserspritzer, die auf ihn herabregnen. Er schaut nur, schaut direkt in Wards Augen und hält sie mit seinen eigenen fest. «Ich weiß, was ich gesehen habe», sagt er dann. «Was wir alle gesehen haben.»
«Ach …» Ward wendet sich ab, aber Alex lässt ihn nicht, nimmt seinen Arm.
«Ehrlich», sagt er. Er hält seinen Arm fest.
«Ja, klar …»

«Nein», sagt Alex. «Ich meine es ernst.» Er drückt fester zu, noch fester, und packt mit der anderen Hand Wards anderen Arm, hält ihn fest und schaut ihn an ... Und für eine Sekunde, während sie sich beide anschauen, ist es, als sei jeder von ihnen ein Spiegelbild des anderen, wie vorhin, in dem Moment, als sie zusammen am Strand waren, wisst ihr noch ... Bis Jenny zu ihnen herauf kommt, den Arm um Alex' Taille legt, und er sich umdreht. «Hey!» sagt er zu ihr und lässt Ward los. Er legt seinen Arm um ihre Taille, und sie gehen zusammen weg.

Ward setzt sich eine Weile hin. Die Stimmen sind noch da, draußen in der Sommernacht, und irgendwo sind seine Eltern, meilenweit entfernt, zusammen in diesem Krankenhauszimmer, so wie sie immer zusammen gewesen sind, es immer sein werden ... Und Ward ist hier, mit lauter Gefühlen und Gedanken, wer weiß ... Aber die Luft ist süß, an diesem Ort, den sie alle lieben, mit dem Gras und dem sauberen Sand und dem Salz, dem sauberen Wind, der kommt und alle Gefühle mit fortnimmt.

«Jungs! Viel –»

«Spaaaß!»

So hört er die Stimmen, da draußen, wo sie immer sein werden, aber Ward spürt das Gewicht seines Körpers auf dem weichen Holz, dort auf der Veranda von Beths Eltern, das biegsame Sommergras trocken unter seinen Füßen, und Sand, und diese Welt, ja wirklich, es ist wunderschön, in ihr zu leben, mit sich im Reinen. Es ist wunderschön hier.

Eine Regung, etwas Sanftes neben ihm, und eine Mädchenstimme.

«Hallo Ward.»

Alison tritt aus der Dunkelheit.

«Ich hatte gehofft, dich hier zu finden», sagt sie. «Ich wollte dich wiedersehen.» Sie lächelt, streckt die Hand aus.

«Ich dich auch», sagt Ward. Er streckt seine Hand aus, um ihre zu nehmen, und sie setzt sich neben ihn, Seite an Seite, ihre Körper berühren sich beinahe. Sie schauen sich nicht an, sondern nur geradeaus, auf all das, was vor ihnen ist, und es gibt nichts zu sagen, wisst ihr, nichts, was Ward glaubt sagen zu müssen, nur das Geräusch des Meeres ist da, irgendwo da draußen im Dunkeln, und dann wendet Alison ihm ihr Gesicht zu.

«Hallo», sagte sie, so leise, dass es ein Flüstern ist, und Ward dreht sich zu ihr, und ihr Gesicht ist wie ein Mond auf dem dunklen Meeresspiegel.

«Hallo», sagt er.

Später Nachmittag

Für das Meer ist die Zeit fürs erste vorbei. Es zieht sich zurück, kann sich ausruhen, wieder dorthin zurückgleiten, wo es hergekommen ist, und die Jungs, all die Jungs …

Lass sie.

Da ist das Geräusch des Meeres, Wassermassen, die zurückweichen, die Wellen fort … In der Ferne, beim Licht, dort, wo die Sonne jetzt ist, aber langsam aus unserem Blickfeld entschwindet …

Du kennst dieses Gefühl. Allein irgendwo zu stehen, vielleicht ein paar Bäume um dich herum, ihre Schatten dein Versteck, und deine Freunde, die Jungs und Mädchen, die du kennst, scheinen weit entfernt … Genau wie das Meer, glaube ich, wenn du es zu dieser Tageszeit betrachtest. Als wäre es da, aber auch fern, hätte sich an seinen eigenen, privaten Ort zurückgezogen, wo es herkommt, wo es hingeht …

Wie eine Geschichte, wenn die Geschichte zu Ende ist …

Du spürst es mehr, als dass du es siehst.

Während es in vergangene Zeit zurückgleitet, und nur einzelne Teile sich hervorwagen, Erinnerungen, um wieder neu zu beginnen, die nächste Geschichte, und die nächste …
Genauso ist das Meer, sagt das Meer.
Wie diese Geschichte …

Doch die Schrift verblasst bereits, während die Sonne mit dem Wasser verschmilzt, wie Wörter, die man auf den Sand schreibt, und schon kommt eine Welle und nimmt sie mit, streicht die Wörter glatt. Sogar den Namen, den Ward vorhin geschrieben hat, C – a – r – o … seine Mutter; das Meer ist gekommen, um sich auch diese Buchstaben zu holen, und jetzt ist sie ganz im Wasser verschwunden.

Sie hat sich von ihrem Sohn verabschiedet und ist weggegangen, um bei ihrem Mann zu sein, an seinem Krankenhausbett zu sitzen. «Was war da draußen los heute Nachmittag?» wird sie sagen, und er wird irgendetwas machen, vielleicht eine Geste mit der Hand: Wie verrückt bin ich bloß gewesen? Und später dann flüstern: «Ich weiß nicht, was ich da getan habe …», während seine Frau ihm mit ihren Fingern die Tränen wegdrückt.

Das ist ein mögliches Ende, ein anderes bereits geschrieben. So oder so …

Wie Buchstaben im Sand.

Ist es, ist das alles, und doch ist es auch … all das zugleich. Die Geschichte eines Jungen, dieses einen Tages, den er hier erlebt, seiner Freunde … Da ist sein Vater, dessen Frau … Und das Meer … Mehr als alles andere, das Meer.

Und ich werde mich nie verändern, sagt die Geschichte, während das Meer in die Tiefe zurückgleitet.

Morgen, mit dem ersten zarten Dämmerlicht, wird es zurückkommen, behutsam auf den Sand gekrochen kommen, doch bis dahin muss noch ein Feuer am Strand herunter brennen, und der Junge ist da, der kein Junge mehr ist, der vielleicht zittern mag, aber nicht friert, nicht ängstlich ist und nicht allein, auch nicht in all dieser Leere um ihn her, an diesem besonderen Ort in der Welt mit seiner schön geschwungenen Küstenlinie, den fahl gewordenen Gräsern …

Das ist das Gefühl.
Mit dem es für uns endet.
Die Geschichte hier endet. Aber hör mal …

Schsch …

Keine Wörter mehr, nur

Schsch …

Das Geräusch des Meeres in der Ferne, in der hereinbrechenden Nacht.

Schsch, während es zurückweicht.

Schsch.

Schsch.

Schsch.

Die Autorin dankt der Society of Authors für die Unterstützung.

Die Deutsche Bibliothek verzeichnet diese
Publikation in der deutschen Nationalbibliografie;
detaillierte bibliografische Daten sind im Internet
unter http://dnb.ddb.de abrufbar.

Originalausgabe
1. Auflage 2005

Umschlaggestaltung Ⓢ sans serif, Berlin
Typografie und Einband
Farnschläder & Mahlstedt Typografie, Hamburg
Schrift Stempel Garamond und Linotype Syntax
Druck und Bindung Clausen & Bosse, Leck
Printed in Germany
ISBN 3-936384-19-3